LA MAIN DANS LE SAC…

Isabelle HÉOMET

DU MÊME AUTEUR

Mange à l'ombre – Roman (Éditions Le Manuscrit, 2007)

Chemin de souffrance… Lumière promise – Recueil de poésies (Éditions Le Manuscrit, 2007)

Remue-Méninges au paradis – Fiction surréaliste (Éditions Le Manuscrit, 2008)

Le secret de la chambre d'hôte – Roman (En attente de réimpression, 2015)

Les couleurs du passé – Roman (Amazon Kindle Publishing - numérique, 2016)

Ou ca passe ou ca casse – Roman (Amazon Kindle Publishing – numérique et broché, 2016)

Paris au cœur – Roman (Éditions La Bruyère, 2016)

Une asperge en grande pompe – Conte (Amazon Kindle Publishing - numérique et broché, 2017)

Retrouvez l'auteur sur son site internet :

http://www.isabelle-heomet.com/

Quelques proverbes pour se mettre en bouche :

- *Une main tendue ne se refuse jamais.*
  (Américain)

- *Sème avec la main et point avec le sac.*
  (Danois)

- *On ne joint bien les mains que si elles sont*
  vides. (Tibétain)

- *Il ne sort du sac que ce qu'il y a dedans.*
  (Français)

LA MAIN DANS LE SAC…

Roman

Isabelle HÉOMET

CHAPITRE 1

« Encore une nuit froide et humide », se dit Elmer, qui cherche désespérément dans les tas d'immondices de quoi remplir son estomac vide.

« Je boirais bien un petit gorgeon pour me réchauffer. Ah ! mais voilà un fond de bouteille qui me paraît sympathique. Ce n'est pas un grand cru, mais ça va me tenir chaud. En fouillant encore un peu, je vais peut-être trouver un festin. Waouh ! carcasse de poulet, pâtes froides et collantes, c'est exactement ce dont j'ai besoin. Et qu'est-ce qu'il y a dans ce sac ? Eh bien ! tant de nœuds à ouvrir, serait-ce quelque chose qu'on ne devrait pas voir ? »

À peine a-t-il fini d'ôter le dernier nœud qu'il sort un paquet enveloppé dans des feuilles de journal. Il déballe le tout et la stupeur se mêle au dégoût quand il frôle une main. Il la lâche comme si elle l'avait brûlé, se met à jurer et vomit le peu de nourriture qu'il a ingéré. Il en avait vu de toutes les couleurs dans sa vie, mais cette main l'a surpris et choqué. Surpassant sa répulsion, il jette un coup d'œil sur cette chose qui gît à ses pieds. Elle est presque diaphane. Sa pâleur cadavérique contraste avec la grisaille des ordures. Sans aucun doute une main de femme, car petite, fine et blanchâtre. Un détail particulier le frappe, mais il ne s'y arrête pas. Il n'a plus qu'une hâte c'est de foutre le camp vite fait de cet endroit. Chanceux comme il l'est, on serait capable de l'impliquer dans une sale histoire. Il ramasse ce machin inerte avec le journal, enfouit le tout dans le plastique qu'il balance dans la poubelle.

Il s'enfuit presque en courant. Un peu plus loin, trop essoufflé, il s'arrête et avise un banc. Celui-ci est déjà occupé par un autre clochard. Dans ce microcosme des gens de la nuit, on se reconnaît facilement. Il est presque heureux de retrouver son pote William. Celui-ci bougonne, car Elmer en le saluant l'a réveillé.

Encore sous le coup de l'émotion, il en a presque du mal à s'exprimer :

« Willy, tu ne pourras jamais deviner ce qui vient de m'arriver. »

« Si, tête de pioche, car je sens que tu vas me le dire. »

« Mais il faut d'abord que je me remette, car je suis encore tout secoué. Tu n'aurais pas un peu d'alcool pour me réchauffer ? »

« T'as de la chance, j'ai un litron qu'un bourgeois vient d'me refiler. »

« Merci t'es un frère. »

Il avale avidement plusieurs gorgées qui lui brûlent l'estomac déjà bien chahuté par l'expérience récente. Il sent la tête lui tourner, aussi estime-t-il que boire encore un peu le remettra complètement d'aplomb. Le vin agissant rapidement, c'est d'une voix pâteuse qu'il raconte à William son début de soirée et sa découverte d'une main de femme.

« Tu plaisantes ou t'es soûl ? »

« Non vieux, je t'assure c'est vrai. J'ai découvert une main. »

« Et le reste du cadavre ? »

« Quel cadavre ? »

« Comment peux-tu trouver une main toute seule ? En principe on en a deux et même aussi un corps si tu vois ce que j'veux dire, pauvre cruche ! »

« Ben, je n'y avais pas pensé. Je n'ai pas cherché non plus à savoir. J'étais déjà assez surpris et dégoûté. »

« J'aurais bien aimé voir ta tête, t'es déjà tellement hirsute que tes cheveux et ta barbe n'ont pas dû pouvoir se dresser plus ! »

« N'empêche, ça m'a filé les ch'tons. Pauvre femme, on a dû la trucider et la couper en morceaux.

Toi-même tu trouveras peut-être ses restes dans les poubelles ! »

« Ah non ! ne rigole pas avec ça. On vit dans un monde de fous qui ne respectent plus rien. Maintenant j'ai plus envie de dormir. Je te laisse avant que la ronde passe. Je me suis fait embarquer déjà plusieurs fois ces derniers temps et je préfère me montrer discret, car j'ai donné un coup de boule récemment à un poulet et il est rancunier. Il serait capable de me mettre au placard pour plusieurs jours. Et moi tu me connais, j'aime trop ma liberté. Mais comme t'es mon pote, je te laisse la bouteille. »

« Merci compagnon, je te revaudrai ça un de ces jours. »

Quelques minutes plus tard, une patrouille, non pas de policiers, mais de « maraudes », représentants d'aide populaire, vient lui demander s'il veut un repas chaud et une nuit à l'abri. Elmer décide de les suivre pour ne pas rester seul dehors ce soir, il sent une boule d'angoisse dans l'estomac, il a peur. En dépit des effets de l'alcool, il se demande qui a pu mettre cette main dans le sac et ce qu'est devenue la pauvre femme.

CHAPITRE 2

Malgré la sonnerie stridente qui lui vrille les tympans et son inconscient qui lui dit que c'est l'heure, Dominique a du mal à réagir. Chaque jour, se lever est un acte héroïque. Elle a acheté toutes sortes de réveils espérant qu'un jour une mélodie l'aiderait à démarrer du bon pied, mais à ce jour rien d'efficace.

Comme d'habitude, elle étire le bras pour constater qu'elle est toujours seule dans son lit. À son âge, il faudrait peut-être qu'elle essaye d'avoir une relation stable, comme dirait sa mère. Elle est trop… et pas assez… Elle sait bien comment remplir les points de suspension : perfectionniste et performante ! Elle est pigiste dans différents journaux. Sa formation de journaliste en poche, elle avait pensé que ce serait un bon début qui prouverait son adaptabilité et sa mobilité. Au fil des ans grâce à sa plume, elle a acquis un certain renom, ses articles sont impeccables, honnêtes, approfondis et sans fausse rumeur. Mais la concurrence est rude, elle est devenue trop méticuleuse dans ses enquêtes et perd du temps. Or le pigiste est rémunéré aux lignes. Il faut être le meilleur pour proposer ses textes aux différents médias et pouvoir se couler dans le moule pour rédiger dans l'esprit désiré du journal en un minimum de temps. Avec les années, elle est parfois dégoûtée du peu de scrupules de ses collègues. Les informations sont tronquées, mal exprimées. Tout est dans le rendement. Il n'y a plus cette intégrité qui, elle, la caractérise. Elle a essayé tous les domaines. Désenchantée par la politique, désillusionnée par l'économie, fatiguée par les spectacles, les années passant, elle vivote avec les faits divers. Certains de ses collègues ont toujours recours à elle pour faire leur colonne, mais ils signent de leur nom. Elle ne reçoit qu'une compensation financière.

Jeune et fraîchement sortie du CELSA à Paris, elle avait cru que tout lui serait possible, mais des années plus tard, son enthousiasme s'est envolé. Elle travaille pour payer son appartement et vivre correctement sans grands projets d'avenir. Les horaires bien difficiles liés à son emploi ne lui permettent pas non plus d'avoir une vie de famille satisfaisante. Ce qu'elle conserve malgré tout c'est la curiosité et elle a même acquis un « flair » pour les affaires délicates ou scandaleuses. À traîner dans les salles de rédaction et fréquenter toutes sortes de personnes, elle s'est constitué un répertoire bien rempli.

D'apparence frêle, mais féminine, elle sait se fondre dans la foule sans attirer l'attention. Une jeune femme au sourire doux et à l'humour facile qui arrive aisément à ses fins. Insistante et volontaire, du bagout sans ostentation, elle plaît au premier abord. Autant professionnellement déploie-t-elle de l'énergie, autant sa vie personnelle est-elle plate et tranquille.

Elle se sent fatiguée et déprimée en ce moment. Son travail ne la motive plus comme avant. Elle devrait vraiment penser à en changer.

Cette semaine, elle commence tôt, il faut se lever. Elle branche la cafetière, met son pain à griller, le minuteur sur quatre pour son œuf à la coque et sort un yaourt du réfrigérateur. Elle aime prendre son temps pour grignoter, quelle que soit l'heure. Elle ira faire un tour à son commissariat de quartier d'abord. Elle y a quelques bonnes relations. Chaque année, le jour de son anniversaire, elle fait de grandes fournées de sablés et de tartelettes aux amandes qu'elle met dans des boîtes en fer et qu'elle laisse au commissariat ou aux organes de presse où elle travaille. C'est sa manière de dire qu'on ne l'oublie pas et merci pour les services rendus. C'est pour cela aussi qu'on l'apprécie.

Le vrai grand amour de sa vie, c'est son Léo, magnifique Labrador marron de cinq ans. Fidèle chien toujours présent. Malgré les horaires de sa maîtresse, malgré les promenades irrégulières, malgré les vagues restes qu'elle lui donne quand elle a oublié de lui acheter ses croquettes, ce magnifique mâle lui démontre un amour peu commun et surtout inconditionnel. Elle l'a appelé Léonidas en souvenir de la boîte de chocolats belges qu'on lui avait offerte le jour où elle cherchait un nom à son chien. Il reste des heures dans sa voiture ou à ses pieds. Elle se lève, il agit de même. Même pour aller aux toilettes, il se croit obligé de l'escorter. Impressionnant par sa taille et son poids, il fait changer de trottoir ceux qui n'aiment pas beaucoup la race canine. Il est pourtant doux et paisible avec un bon regard parfois un peu triste. Mais quand il se met à aboyer parce que quelque chose le dérange, il vous envoie un paquet de décibels dans les oreilles qui ne peut que vous fairc fuir. Il est très amoureux de sa maîtresse et même trop ! Quand elle rentre chez elle, elle doit se préparer à un affrontement amical avec une masse de plus de quarante kilos projetée sur elle. La langue pendante pour la lécher, le museau toujours collé sur elle pour la sentir et savoir si elle n'a pas fréquenté d'autre que lui. Ce chien a quelque chose d'humain dans sa manière de la regarder. Elle-même se surprend parfois à penser que si elle l'embrasse sur la truffe, il se transformera un jour en prince charmant. Dans ses moments de solitude, elle en arrive à l'appeler « mon seul amour », signe qu'il est grand temps qu'elle se trouve un mec, un vrai, un homme. Même si comme elles disent entre copines, cette race a tendance à disparaître… pas celle des chiens, mais des humains !

Elle part non sans avoir auparavant caressé son Léo en lui faisant comme toujours ses recommandations d'usage : n'ouvrir à personne, mordre les voleurs et ne pas trop regarder la télévision.

Comme bien souvent à son arrivée au commissariat, l'homme de faction qu'elle connaît depuis des années la salue d'un :

« Salut ma beauté, toujours aussi matinale ? »

« Bonjour. Quel sale temps ! »

« Eh oui ! un peu d'action nous réchaufferait. »

« Le grand manitou est-il là ? »

« Oui, il vient d'arriver. »

« D'accord merci. »

Elle connaît les locaux comme sa poche et va frapper directement à la porte en verre.

« Entrez. »

« Monsieur le commissaire Pradot, je vous salue. »

« 'Jour ma belle. »

« Rien de nouveau sous le soleil ? »

« Non et j'espère que la journée sera calme, j'ai une sciatique qui me chatouille. »

« Avez-vous pris quelque chose ? »

« Oh vous savez moi, les médocs… »

15

« Tenez, cela vous soulagera au moins quelques heures. »

Elle lui tend deux aspirines qu'il avale sans se faire prier, signe qu'il souffre. Ils se connaissent depuis une dizaine d'années. Il a gravi les échelons petit à petit et se retrouve maintenant commissaire. Il a bien tenté une fois de lui faire des avances, mais elle a été assez habile pour lui demander juste à propos comment allaient ses enfants et sa femme. En fin de compte, il avait apprécié sa droiture, un respect réciproque les rapprochait. Quand quelque chose d'un peu croustillant arrive à son commissariat, s'il la sait de permanence, il lui passe un coup de fil et mine de rien lui en fait part. Elle avait été ainsi plusieurs fois la première sur des braquages, des accidents et même un attentat, justifiant le tirage exceptionnel d'un journal pour lequel elle travaillait.

« Encore un déraillement ! Après la France, l'Espagne, l'Italie, c'est la Suisse. Mon flair me dit qu'il y a quelque chose de louche. Pourquoi, en si peu de temps, des pays frontaliers doivent-ils subir ce genre de préjudice ? »

« Que croyez-vous ? Vengeance, actes terroristes ? »

16

« Ma foi, je n'en sais strictement rien, mais je trouve que cela fait beaucoup de morts et de blessés en peu de temps liés à un transport ferroviaire. »

« Pauvres gens. Si ce sont des actes criminels, je passerai mon existence à me demander pourquoi la nature humaine est si mauvaise. »

« Allez, ma belle, j'espère que toute votre vie vous ne verrez pas que ces horreurs ! Vous ne trouvez pas que vous devriez vous chercher un autre job ? Ce n'est plus de votre âge d'être à la recherche des faits divers et de traîner dans des commissariats jour et nuit. »

« Merci commissaire, c'est bien aimable de me mettre en face de mon âge. Mais figurez-vous que l'expérience aussi a son charme ! Et vous qu'est-ce qui vous pousse à rester ici ? »

« Oh ! moi dans peu de temps la retraite. Alors vous savez, on ne va pas déloger un vieux loup de sa tanière. »

À ce moment-là, on frappe à la porte.

« Entrez… Bonjour inspecteur. Quoi de neuf ce matin ? »

« Chef, Mademoiselle, j'ai reçu un appel de notre patrouilleur. On nous fait part d'un paquet suspect dans la gare de Lyon. Depuis plus d'une heure, il est sur le quai et personne n'est venu le chercher. »

« Vite, appelle le service de déminage. »

« C'est fait. Ils seront sur place dans quinze minutes. Je file, patron. »

« Attends-moi je viens aussi. »

Il jette un coup d'œil à Dominique et comprend dans son regard interrogateur qu'elle lui demande la permission de les accompagner.

Il l'aime bien cette petite et aurait même bien envisagé une relation plus intime avec elle, mais elle est trop sérieuse et l'a déjà remis à sa place. Il apprécie son professionnalisme et son courage. Par un discret signe de tête, il lui fait comprendre qu'il est d'accord.

Il faut toujours faire très attention, car un commissaire de police n'est pas supposé privilégier tel ou tel journaliste au risque de créer du favoritisme. Une éventuelle entrave ou une dérive dans le déroulement d'une enquête est aussi un facteur de perturbation susceptible d'être mal interprété. Mais avec les années, il la connaît assez pour lui faire confiance, sa présence discrète se gère facilement.

Un véhicule les attend, gyrophare en mouvement, ils démarrent sur les chapeaux de roues.

Domi est toujours grisée par la vitesse et par le bruit strident de ce phare rotatif. Elle adore se trouver dans une voiture de police, ce qui lui donne l'illusion de toute puissance, le temps d'un voyage.

Très rapidement, ils arrivent sur les lieux.

CHAPITRE 3

Jean-Charles Villard a les mains dans la pâte. Une fois de plus il ressent une grande satisfaction. Ce contact physique lui procure une véritable jouissance. Il pétrit encore et toujours. Il ne s'en lasse pas. Il aurait aussi bien pu être potier pour façonner un vase, sculpteur pour palper la matière ou masseur professionnel. Il a préféré garder la tradition familiale et être boulanger. Comme son père et son grand-père avant lui, bon sang ne peut mentir et l'héritage s'est transmis comme une évidence.

Pour un homme jeune encore, les horaires sont fastidieux. Se lever très tôt pour préparer la première fournée du matin implique de ne pas se coucher trop tard. Il est donc en décalage avec sa bande de copains qui, eux, font la fête jusqu'au lendemain ! Mais l'amour du travail bien fait, les odeurs qui vous emportent dans une autre dimension et la reconnaissance de ses clients compensent largement. Après les pains, baguettes et viennoiseries, il s'attaquera aux sandwiches et aux gâteaux pour le déjeuner. Il est très bien placé en plein cœur de Paris et a une clientèle fidèle. Beaucoup de touristes ou de gens de passage aussi qui, alléchés par sa vitrine très décorative, se laissent aller à acheter un petit quelque chose à n'importe quelle heure du jour. Il est bien secondé par Jean qui a commencé comme apprenti chez son père des années auparavant. Professionnellement ils s'accordent à merveille. Leur seul sujet de friction est le mégot qui pend aux lèvres de Jeannot en permanence et que, pour des raisons d'hygiène, Jean-Charles ne supporte pas. Au fil des ans, ce bout de cigarette éteint est devenu une manie pour l'un et un sujet de réprimande pour l'autre. Jeannot se dit sans inspiration s'il n'a pas quelque chose en bouche. Alors une fois Jean-Charles lui a offert trois kilos de confiserie : sucettes, sucres d'orge, bonbons et chewing-gums. Mais tout ceci n'a duré que quelques jours et il est revenu à son cher mégot. Jeannot est un peu caractériel, mais il connaît le métier, est attaché à la famille et ne rechigne pas à la tâche. Que faire contre les manies humaines !

Doris, elle, est à la caisse. Toujours souriante, pomponnée, manucurée, maquillée et « chignonnée » impeccablement malgré un certain âge que pour rien au monde elle n'avouerait. Elle offre un bonbon ou une chouquette pour faire plaisir aux enfants. Elle caquette allègrement avec les ménagères du quartier. Jean-Charles se souvient qu'étant petit il y avait eu des histoires avec sa mère. Celle-ci se plaignant souvent que Doris, alors toute jeune, ne savait pas tenir la charge qui lui revenait, c'est-à-dire simple employée dans la boulangerie. Une fois, son père s'était même fâché très fort, ce qui ne lui arrivait au demeurant jamais, pour défendre la cause de Doris. Pourtant garçonnet, Jean-Charles avait cru comprendre que sa mère accusait l'employée de ne pas savoir rester à sa place et d'exciter son père. Doris avait rougi jusqu'à la racine de ses cheveux teints et avait rendu son tablier. Mais le père en avait décidé autrement et sa mère avait dû elle-même faire des excuses à Doris. Puis, tout était rentré dans l'ordre, mais après la mort de sa mère, Jean-Charles était presque sûr que son père et Doris avaient été amants. Personnellement, cela ne l'avait jamais perturbé, car Doris avait toujours été très gentille avec lui, l'affublant même de petits noms comme « mon petit oiseau », « mon loulou », qu'il trouvait charmants tant que cela restait dans l'enceinte de la boulangerie.

À l'âge des culottes courtes, ses copains aimaient le raccompagner chez lui dans le double espoir de plonger la main dans le bocal aux bonbons et le regard dans les rondeurs appétissantes de la caissière très décolletée. Jean-Charles avait toujours été fasciné par les mains de Doris, petites, fines, blanches. Souvent un vernis rouge vif mettait en valeur ses ongles en amande. Quand elle rendait la monnaie, il y voyait comme des cerises ou des fraises prêtes à se détacher. Tout en elle était appétissant, c'est ce qui faisait son charme.

Par comparaison Eugénie, sa mère, femme rigide et grise, lui avait semblé toujours de mauvaise humeur. Elle était d'un milieu bourgeois et avait fait aux yeux de sa famille une mésalliance en épousant un boulanger. Elle-même s'était souvent demandé ce qui l'avait attirée chez cet homme débonnaire. Assez corpulent, Charles-Joseph prenait les choses comme elles venaient sans se compliquer la vie. Premier levé le matin pour faire son pain, il avait l'amour du travail soigné et ne se plaignait jamais. Il ne faisait pas son métier pour gagner de l'argent, mais parce qu'il avait été éduqué ainsi et que la tradition se perpétuait dans sa famille. Tout naturellement, son fils ferait de même. Eugénie n'avait jamais été une beauté, mais elle faisait « classe ». C'est peut-être cette différence entre les deux qui les avait attirés. Mais toujours est-il que les années passant, elle le jugeait trop simplet et lui la trouvait trop collet monté. Elle était par contre très économe et tenait la gestion de la boulangerie impeccablement. Quand elle mourut d'un cancer à l'estomac, le père et le fils pleurèrent un être disparu, mais pas une épouse adorée ni une mère aimante. Cela les rapprocha et leur donna une certaine indépendance dans l'orientation de leur vie, plus souple, plus permissive. À ce moment-là, il avait dans les dix-huit ans et Jean-Charles encore apprenti se mit à créer des recettes de gâteaux. Son père lui laissait toute liberté et l'encourageait même. Il reconnaissait que son fils était plus inventif que lui. Lui restait dans la tradition, mais son petit avait envie d'innover. Ensuite ils goûtaient tout avec les autres commis et chacun donnait son avis.

23

Un certain relâchement se produisait qui procurait une bonne humeur générale surtout maintenant que la grande patronne comme on l'avait appelée de son vivant n'était plus là pour les disputer, les contrôler et les épier.

Une fois son père décédé, Jean-Charles avait atteint le sommet de sa réussite. Plusieurs concours gagnés en tant que meilleur boulanger, des lauriers d'or pour ses pâtisseries. Quelques émissions de télévision, des articles de journaux consacrés à sa baguette « la croquefinette » en faisaient un des boulangers parisiens les plus appréciés et les plus reconnus de sa génération. Son chef-d'œuvre le plus notoire, mais dont il ne dévoilerait jamais la recette était son dessert intitulé : « Nuit noire étoilée ». Personne n'était autorisé à entrer dans sa cuisine quand il préparait son gâteau. Au fil des ans, il l'avait amélioré pour devenir la pâtisserie, *nec plus ultra*, le summum du raffinement. Léger, fort, subtil, magnifique, les mots n'étaient pas assez puissants pour exprimer les sensations gustatives que vous procurait ce gâteau. Une allégorie de plaisirs, un triomphe de succulence, une jouissance métaphorique du palais et une « cascatelle » de délectation. Explosion totale de chocolat amer avec une pointe de gingembre pour le piquant, de framboise pour le parfum, de citron vert pour l'acidité, de miel pour le sucré, c'est du moins ce qu'un critique avait essayé de décrire à propos de ce délice. Jean-Charles en avait ri en concluant qu'il était bien loin de la réalité, mais qu'il ne transmettrait son secret qu'à son descendant ou à celui qu'il en jugerait digne.

Génie devant ses fourneaux, mais toujours célibataire dans sa vie personnelle. Quelques aventures sans lendemain lui faisaient dire qu'il aimait mieux un bon gueuleton avec des potes que des empreintes de rouge à lèvres sur ses cols de chemises. Sans se l'avouer, tout au fond de lui il avait un côté romantique, il attendait « la femme », celle qui saurait lui chavirer le cœur comme un dessert fondant. À quarante-sept ans, il n'était plus un jeune premier et ne se faisait pas d'illusions sur son physique, mais il voulait trouver celle qui le comprendrait et avec qui il partagerait son amour pour son travail et bien d'autres choses encore. De son père il tenait le même embonpoint, mais il avait la tête aristocratique de sa mère. Peu dépensier, malgré son compte en banque bien rempli, il se contentait d'un quotidien aisé.

Ces derniers temps, il est un peu morose et ne trouve plus d'inspiration pour créer un nouveau dessert. Une tasse de café à la main, il attend ses apprentis, dans ce petit matin gris et humide. Il jette un coup d'œil dehors et constate qu'il faut sortir les poubelles avant que le camion-ordures n'arrive. En regardant par la fenêtre, ce qui attire son attention, c'est un grand sac en plastique noir. Il s'en étonne et se demande qui a bien pu le mettre là dans son passage et ce qu'il contient.

CHAPITRE 4

« Et voilà, bien coupée bien nette, la spécialité d'un pro… que je suis ! Je suis fier de moi. Je suis le meilleur. Un vrai travail d'artiste. Vingt-cinq tendons, trois nerfs, deux artères, quelques veines. La salope elle m'a presque fait bander. Je vais vite tout nettoyer et ranger pour que personne ne s'en rende compte. Les instruments alignés, le drap bien étendu, parfait. Personne ne pourrait supposer quoi que ce soit. La mettre dans le sac en plastique et le tour est joué ! Ni vu ni connu, j't'embrouille ! »

CHAPITRE 5

Quand Elmer entre dans le centre d'accueil, on lui offre de quoi se restaurer. Il n'arrive pas à chasser la vision de cette main trouvée dans le sac en plastique noir. On lui donne une couverture chaude et de justesse il échappe à la douche. L'endroit est propre, mais sans âme. La grande pièce est bien chauffée et il salue quelques potes qu'il a déjà rencontrés. Il s'endort rapidement malgré les ronflements des uns et des autres. Le veilleur de nuit en passant à travers les rangées de lits remarque son trouble et sa fébrilité. En effet Elmer parle dans son sommeil de main trouvée, de cadavre, de poubelle. Tout semble confus et paraît cauchemardesque, il est en sueur. Quand on lui touche l'épaule pour lui demander s'il veut un analgésique, ce dernier crie et supplie qu'on ne lui coupe pas les mains. Le gardien surpris lui-même de tant d'excès le tranquillise, le force à boire un peu d'eau et à prendre un calmant. Puis Elmer termine sa nuit paisiblement. Mais cette intervention est inscrite sur le registre comme chaque fois qu'il se produit quelque chose.

Au petit matin, Elmer ne se serait même pas rappelé ce qui s'était passé durant son sommeil si son voisin ne lui avait dit qu'il avait été agité. C'est quand la dame de service lui tend un bol de café fumant et que sa main petite et potelée se pose sur son bras qu'il sursaute et se souvient de sa macabre découverte de la veille. Doit-il en faire part à la police ? Peut-être quelqu'un s'en est-il déjà chargé ? Il maugrée en se disant qu'il ferait bien d'oublier cette histoire au plus vite, mais c'est plus fort que lui, cette main devient une obsession. Après de longues tergiversations, il décide de retourner sur le lieu de sa « trouvaille ».

En chemin, il repense à la vie peu banale qui a été la sienne et à la déchéance qui s'en est suivie.

Jeune ingénieur, diplôme en poche, il avait accepté un poste au Pérou pour travailler dans une compagnie minière. Le statut d'expatrié lui plaisait bien. Découvrir de nouveaux horizons, une autre culture, parler l'espagnol, tout avait été un challenge pour lui. Son premier contrat était pour cinq ans qu'il accomplit avec entrain. Puis comme partout dans le monde, la routine s'installa. Les conditions de travail s'étaient modifiées quand la mine était passée dans le domaine public. Moins bien payé, des horaires fatigants, il avait décidé de changer d'orientation. À trente ans tout lui était permis. Beau garçon, aimant l'alcool et les filles, mais ne voulant pas d'attachement, il trouvait tout cela facile à vivre. Avec un copain péruvien, il envisagea d'ouvrir un hôtel dans la forêt vierge. Beaucoup d'investissements au départ, des idées grandioses, du luxe un peu déplacé pour un lodge dont l'accès était difficile. Ils avaient eu la folie des grandeurs et la non-connaissance du terrain. Plusieurs fois, on leur avait volé du matériel durant la nuit et détruit des murets déjà édifiés. Des menaces claires leur avaient été envoyées, comme une poule au cou tranché, des poissons éventrés. Ils étaient les gêneurs. Petit à petit, ils comprirent qu'ils avaient acheté un terrain qui était sur le passage d'un réseau de transport de drogue. Malgré les démarches auprès des autorités, malgré le garde de sécurité qu'ils avaient engagé, malgré le fait aussi que les natifs étaient favorables aux touristes dans la région, rien n'y fit. Ils furent obligés d'abandonner devant tant de problèmes et de pertes d'argent. Son copain Julio retourna à Lima, mais Elmer qui s'était amouraché d'une jeune fille de la tribu Shipibo-Konibo resta. Il adopta rapidement les us et coutumes du petit village. Il récupéra le bois et quelques outils de son hôtel fantôme et avec un peu d'argent il acheta une moto. On le chargeait de rapporter les provisions quand il allait dans la ville située à quelque cinquante kilomètres. Il finit par s'habituer aux rives du fleuve Ucayali et partait en pirogue avec les hommes à la pêche. Il vécut torse nu avec un bermuda effiloché et apprit à marcher sans chaussures.

Ce qui le fascina surtout fut la culture des Shipibo, basée sur la relation spirituelle et physique avec la forêt vierge. Le cosmos avait une grande importance dans leur vie et leurs croyances, tout ce qui existe formant un tout. Tout devait être harmonie et équilibre entre l'univers et soi-même pour rester en bonne santé. Ils avaient un rapport fort avec la nature et surtout les plantes, dont certaines guérisseuses. Ils peignaient de magnifiques céramiques, des tissus et des bijoux aux couleurs et dessins uniques qui représentaient la vision cosmopolite de leur monde. Ils étaient à l'écoute des échanges animaliers et végétaux de la forêt créant une osmose entre eux, l'environnement et l'énergie transmise. Ils entendaient les voix de l'au-delà et invoquaient les puissances supérieures. Le chaman lui avait fait découvrir l'*Ayahuasca*, breuvage hallucinogène à base de lianes et aux propriétés curatives. Après un temps de jeûne et de purification, il avait absorbé cette boisson. La première phase l'avait laissé en harmonie avec son environnement, mais après en avoir repris, il avait vomi ses tripes et était entré en transe dans un monde horrible et étrange, douloureux et bouleversé. Des visions cauchemardesques avec transformation de son corps en animal et des souffrances physiques intolérables. Le retour à la réalité avait été difficile. Puis le chaman lui avait expliqué que pour une première fois ce n'était pas si mal et que, s'il le désirait, dans quelque temps ils referaient ensemble un deuxième voyage. Elmer n'avait plus jamais voulu recommencer. Rien que d'y penser des décennies plus tard, cela lui donnait des frissons sur ce que le monde de l'au-delà lui avait fait entrevoir avec ses puissances maléfiques. Il était resté plus de

31

vingt-cinq ans. À nouveau, le virus du changement le prit et ayant mis un peu de sous de côté, il décida de rentrer en France.

À peine revenu, il ne se sentit plus du tout en conformité avec la vie quotidienne française. Les gens n'étaient motivés que par l'argent, le pouvoir et l'apparence. Il essaya quelques entreprises renommées, mais son absence dans le circuit du travail et son âge furent un handicap. Alors il se mit en intérim avec des petits boulots comme coursier, vendeur sur les marchés. Cela lui donnait au moins l'impression de côtoyer des gens, de vivre comme tout le monde. Un hiver, il traîna une bronchite, puis mal soigné il eut une pneumonie. Son système immunitaire était si faible qu'on dût le garder à l'hôpital un certain temps. À partir de là sa vie partit en chute libre. Ne pouvant plus vraiment travailler, étant seul, sans famille, il bénéficia du revenu de solidarité active. Quand il ne put plus payer son loyer, sans domicile fixe, il erra dans les rues de Paris. Clochard, mendiant, « homme de la rue » furent ses nouveaux titres et il n'avait que soixante ans. La bouteille devint sa meilleure compagne. Il se renferma sur lui-même, entre honte et rage, dégoût et aversion. Puis s'habituant à tout, recouvrant son entrain, il fréquenta des types dans son genre. Chacun avait son secteur, mais ils se regroupaient parfois le soir pour partager leurs agapes ou faire face à d'éventuels voleurs. Ces hommes qui avaient tout vécu, tout connu, certains dont la position sociale avait même été enviée, refaisaient le monde et discutaient des heures avec passion puis hargne au fur et à mesure que se vidaient les bouteilles.

Quand il arrive sur les lieux de la veille, il avise un balayeur et lui demande s'il n'a rien vu de spécial.

« Qu'est-ce que tu cherches, camarade, un trésor ? »

« Non juste un grand sac en plastique noir. »

« Quand je suis arrivé, les poubelles étaient déjà passées. Moi mon travail c'est juste de balayer. Mais un sac en plastique je peux t'en donner un. »

« Non merci. Salut. »

Il se connaît bien, sa conscience ne le laissera pas en paix s'il ne tente pas quelque chose. Il en vient à se demander s'il n'a pas rêvé ! Mais à nouveau, la vision de cette main coupée lui donne des frissons. Donc il doit aller au commissariat même si ce n'est pas réjouissant. Conforté dans sa décision, il s'éloigne.

CHAPITRE 6

La gare est encore calme avant l'affluence du matin entre ceux qui arrivent sur Paris et ceux qui partent travailler. Un va-et-vient routinier qui met en effervescence la direction et les employés des chemins de fer. Sortant de voiture, le commissaire entre dans le périmètre déjà délimité par une banderole jaune : *Do not cross the line*.

« Dites donc vous n'auriez pas pu trouver des bandes plastifiées en français ? »

« On écoule le stock, chef. »

« On se croirait dans un polar américain. »

« Économie et restriction de budget », dit le sergent en portant la main à sa casquette pour le saluer.

« Vraiment, ils exagèrent. »

Les hommes du déminage viennent d'arriver, il leur demande comment ils comptent procéder. Un des leurs est en train de revêtir une combinaison spéciale au cas où l'objet non identifié s'avérerait toxique. On sait bien qu'ils exagèrent un peu, mais on les respecte, car leurs vies sont souvent très exposées. Jean Pradot serait bien allé tout seul ramasser ce foutu sac en plastique qu'il voit à quelque dix mètres devant lui, mais il aurait été mal vu après avoir fait déplacer tout ce monde. En attendant, il demande qu'on lui apporte un café pour le réchauffer. C'est Dominique qui, entendant son souhait, se précipite à la cafétéria de la gare. Elle en profite pour poser quelques questions à la serveuse. En lui tendant sa boisson elle dit au commissaire :

« Chaud, fort, sans sucre, comme vous l'aimez. »

« Mais vous êtes une perle. Vous devriez travailler avec moi. »

« Bien sûr pour vous apporter votre café tous les jours. »

« Non seulement, mais parce que vous êtes plus rapide et perspicace que mes détectives. Je vous ai vue parler à l'employée alors que si je ne dis pas à mes gars de commencer une enquête de terrain, ils vont attendre bêtement. Vous entendez inspecteurs ! »

« Oui chef on y va. »

« Ah ! ah ! vous les paralysez les pauvres avec vos aboiements alors que vous ne me faites pas peur du tout. Mais pour en revenir à cette affaire, oui la fille m'a dit qu'elle croyait se rappeler avoir vu un individu déposer ce sac. »

« Vous a-t-elle fait un descriptif ? »

« Très vague malheureusement. Elle l'a vu de dos en survêtement gris avec capuche et baskets. Ils devaient être plusieurs d'après elle, car elle a cru entendre le type crier à d'autres de l'attendre. Mais c'est juste quand elle s'est retournée qu'elle a constaté qu'il déposait ce sac et partait en courant. Ce qui l'a amenée à avertir le chef de gare, c'est que les poubelles ne sont pas en plein milieu. Cela lui semblait étrange de mettre le sac n'importe où. Elle n'a pas tort, regardez, il est en plein dans le centre. »

« Espérons que ce soit juste un mec négligent qui par manque de temps avant de prendre son train l'a jeté là ! »

« À votre ton vous n'avez pas l'air d'y croire. »

« Non, c'est vrai. Mon flair comme le vôtre, j'en suis sûr, nous disent autre chose, je me trompe ? »

« Ce serait trop simple et sans intérêt. Espérons quelque chose d'un peu plus croustillant. »

« Ah ! ces journalistes », bougonne-t-il.

L'homme du déminage est en train d'ausculter le sac. Après n'avoir rien détecté d'étrange, il se met à défaire un, deux, trois nœuds. Il sort un paquet enveloppé de papiers journaux qu'il déballe précautionneusement. Surpris par la chose, il la fait tomber par terre. Apparaît alors… une main coupée. Il sait déjà qu'on va se foutre de lui, mais il était à cent lieues de penser qu'il découvrirait cela. Ses collègues lui crient :

« Eh, Henri, quand tu lui as demandé sa main, tu ne savais pas qu'elle te l'offrirait ainsi ! »

« Si tu ne voulais pas lui offrir de bague, tu n'avais pas besoin de la lui couper quand même ! »

« Tu connais pourtant le dicton : jeu de main, jeu de vilain ! »

Il ne veut pas s'abaisser à répondre et se contente de hausser les épaules puis remet le tout dans un autre sac et le donne au commissaire afin que ses équipes d'investigation et de recherche fassent leur boulot. À travers le plastique transparent, Jean Pradot examine vaguement la chose : petite, fine, sans aucun doute une main de femme. Tranchée au niveau du poignet d'une façon nette, elle surprend par sa délicatesse ; de couleur blanc-jaune et non rosée comme quand le sang coule encore dans les veines. La peau paraît légèrement flétrie. Le médecin légiste lui donnera dans quelques heures un complément d'information. On cherchera aussi son ADN au cas où elle serait fichée.

Cela le fait remonter à bien des années en arrière quand tout jeune et fraîchement débarqué dans un commissariat de province, on lui avait demandé d'aller chercher les résultats au labo de ce qu'il avait compris comme « Ladéenne ». Il avait supposé que c'était un nom de famille. Il s'était fait charrier pendant des mois sur sa bêtise. Il se souviendra toute sa vie de la définition que son principal lui avait demandé d'apprendre par cœur pour compenser sa bévue. *"L'acide désoxyribonucléique (ADN) est une molécule, présente dans toutes les cellules vivantes, qui renferme l'ensemble des informations nécessaires au développement et au fonctionnement d'un organisme. C'est aussi le support de l'hérédité, car il est transmis lors de la reproduction, de manière intégrale ou non. Il porte donc l'information génétique et constitue le génome des êtres vivants."*

Ce n'était pas comme apprendre une fable de La Fontaine, mais c'était une définition qui le poursuivrait jusqu'à la mort !

Les inspecteurs reviennent avec peu de renseignements. Les gens envahissent de plus en plus la gare et il est temps de ranger le matériel. Encore quelques photos, des empreintes par milliers donc qui ne serviraient à rien. Pas de témoins directs, pas d'achats particuliers de tickets aux guichets. L'affaire ne sera pas facile.

Son portable sonne et son lieutenant, vieux complice de toujours, lui demande s'il peut venir le rejoindre près de Notre Dame, lui donnant l'adresse exacte d'une boulangerie-pâtisserie réputée. Et de conclure qu'il a pris quelqu'un la main dans le sac. Jean Pradot fait signe à ses gars de le suivre. Dominique n'a rien perdu de l'échange et une fois de plus sans se parler, mais par une légère inclinaison de tête, il l'autorise à l'accompagner.

CHAPITRE 7

C'est un des employés de Jean-Charles, Maurice, qui arrivant dans le passage est interpellé par ce dernier de la fenêtre :

« Salut, Maurice, comment vas-tu ? Peux-tu regarder ce qu'il y a dans le grand sac en plastique noir près des poubelles ? Ce n'est pas de chez nous puisque les nôtres sont verts ! »

« Bonjour boss. Un, deux, trois nœuds, eh bien ! ça ne risque pas de s'ouvrir tout seul. Bien emballé dans des papiers journaux et voici… »

Un cri guttural et un bond de côté qui lui fait lâcher ce qu'il tient. Même Jean-Charles, pourtant de plus loin, voit l'horrible truc… une main coupée blanchâtre dans le petit matin.

« Dégoûtant ! Qui a bien pu nous fourguer quelque chose de pareil ? »

« Vous êtes drôle et qu'est-ce que je peux en savoir moi ! »

« Momo, regarde tout autour, il n'y a rien d'autre ? »

« Vous en voulez d'autres ? »

« Non, mais, et le reste du corps ? »

« Cela ne vous suffit-il pas ? »

« Idiot, s'il y a une main il doit y avoir aussi un corps ou au moins l'autre main, non ? »

« Non, il n'y a rien de plus », dit-il pas très rassuré en bougeant du bout du pied d'autres sacs à ordures.

« Je vais téléphoner à la police. Je serai quand même plus tranquille. »

Le lieutenant Moretti est déjà sur place avec son équipe d'investigation quand arrivent le commissaire Pradot et ses hommes. Fidèles acolytes des premières années, ils se sont perdus de vue puis retrouvés au même commissariat de police à Paris il y a plus de quinze ans.

« Alors Moretti j'espère que tu ne me déplaces pas pour me dire que tu viens de trouver une main coupée ? »

« Alors Jean, là, tu es quand même très fort. C'est mon allusion " la main dans le sac " qui t'a mis la puce à l'oreille ? »

« Figure-toi mon vieux que c'est déjà la deuxième du petit matin. J'espère au moins que ce sera la dernière et que les deux feront la paire ! »

« Droite ou gauche ? »

« Inspecteur, droite ou gauche la main ? », crie le commissaire.

« Euh, ma foi je n'ai pas fait attention. »

« Des crétins, je travaille avec des imbéciles. Même pas fichus de savoir. »

« Commissaire, si vous permettez, c'est la main gauche celle de la gare », dit Dominique qui a entendu et arrive sur ces entrefaites.

« Enfin une femme intelligente, attentive et jolie, dommage qu'elle ne soit que journaliste. Vous auriez fait une excellente détective, mais je vous l'ai déjà dit mille fois, non ? »

« Oui commissaire et même mille et une fois. »

« Et en plus avec de l'humour. Alors lieutenant et celle-ci ? »

« Ma foi, tu vas être déçu, gauche aussi. »

« Alors là, je n'aime pas du tout. Espérons que nous avons affaire à un maniaque plutôt qu'à un tueur en série. Dès notre retour, appelez notre psy de service pour qu'elle nous dise à quoi correspond une main gauche coupée. En attendant, je voudrais auditionner ceux qui l'ont trouvée. »

Après présentation d'usage, Jean-Charles en tant que patron, et Maurice comme découvreur, racontent le peu qu'ils savent. Aucune menace ne pèse sur la boulangerie, pas de casier judiciaire chez ces deux hommes, rien qui puisse être lié à eux. Une conclusion s'impose : ce doit être un acte indépendant. Ce sac donne l'impression d'avoir été déposé là par hasard.

Dominique, un peu en retrait, comme il se doit pour ne pas paraître gênante, grommelle que pour elle le hasard n'existe pas.

« Pardon mademoiselle Ménard ? » s'exclame Jean Pardot.

« Si vous le permettez, monsieur le commissaire, comme dirait Voltaire : « Ce que nous appelons hasard n'est et ne peut être que la cause ignorée d'un effet connu ». Tout phénomène a nécessairement une cause donc on ne peut qualifier de hasard le fait de trouver depuis ce matin déjà deux mains… »

Là, à l'expression renfrognée du commissaire, elle se rend compte qu'elle en a trop dit. Elle va s'excuser quand le boulanger qui vient juste de la repérer l'apostrophe.

« Dites donc vous, vous n'êtes pas la fouilleuse qui m'aviez fait un tort considérable en racontant dans votre journal de pacotille que mes pâtisseries n'étaient bonnes qu'à engraisser les ménagères friquées ? »

« Je vois que monsieur a bonne mémoire. »

« Alors, qu'est-ce que vous fichez ici et qu'est-ce que vous insinuez avec votre hasard de trouver des mains ? »

« Excusez-moi je reconnais m'être un peu emportée dans mon article, mais il m'avait semblé incroyable de payer un petit gâteau, tout délicieux soit-il, quinze euros quand des gens ont du mal à boucler leur fin de mois. »

« Êtes-vous bonne sœur ou miss charité peut-être ? De plus si vous m'aviez consulté avant d'écrire n'importe quoi, vous auriez su que ma jeune vendeuse, embauchée depuis peu, s'était effectivement trompée sur les étiquettes. Parce que moi qui profite, d'après vous, tellement des pauvres acheteurs, j'emploie des stagiaires, un handicapé, deux seniors et quatre autres personnes. J'essaye au moins de contribuer à l'économie nationale par le fruit de mon travail et vous ? »

« Je… »

« D'accord, je vois, petite paye peinarde à la fin du mois pour écrire des articles qui font vendre des journaux à sensation. »

« Je ne vous permets pas de m'insulter. »

« Je ne vous insulte pas, je constate. »

« Bien, je crois que votre échange passionnant est terminé, interrompt le commissaire. Encore quelques enquêtes de voisinage, photos et l'on rembarque, les gars. Merci, messieurs, de vous tenir à la disposition de la police pour tout autre renseignement. »

« Pas de problème monsieur le commissaire, dit Jean-Charles. Mais c'est quoi cette histoire de main trouvée ? Et pourquoi acceptez-vous de travailler avec une journaliste alors que l'enquête ne fait que commencer ? Ne craignez-vous pas qu'elle raconte n'importe quoi ? »

« Ça, monsieur Villard, c'est mon problème. Quant à ce que cette demoiselle a pu dire, je ne le cautionne absolument pas », dit-il avec un regard féroce à Dominique.

« C'est vous le patron, mais entourez-vous de personnes efficaces pour protéger les honnêtes citoyens qui par leurs impôts payent les services de la police. »

De retour à la voiture, Jean Pradot fulmine. Il s'est fait littéralement « moucher » par ce boulanger. Domi sentant sa bévue lourde de conséquences se fait la plus petite possible. Elle dit au lieutenant de remercier le commissaire et de l'excuser, elle doit se rendre sur un autre lieu et rentrera par ses propres moyens.

CHAPITRE 8

Zut, zut, maugrée-t-elle. Elle sait qu'elle a eu tort de dévoiler la première découverte, d'autant plus que si le commissaire l'accepte, c'est bien parce qu'il lui a toujours demandé de se faire discrète quand il l'emmène. Elle peste, mais ce type l'a fait sortir de ses gonds. Beau garçon un peu fort peut-être, il a tout pour lui : réussite, orgueil, fortune, mais imbu de lui-même et fat en réalité, se rassure-t-elle, comme pour conjurer un certain attrait.

Il a fait plusieurs fois la couverture des journaux et c'est ainsi qu'intriguée un jour elle avait écrit un article sur lui. Elle se moque en elle-même, se disant qu'elle aimerait surtout des croissants et des pains au chocolat frais tous les matins apportés par ce fameux Jean-Charles. Son portable sonne à temps pour arrêter ces considérations oiseuses de femme en mal d'amant.

« Allô ! ma poulette. »

« Oui maman. »

« Nous pensions nous réunir tous en famille le week-end prochain, pourras-tu te joindre à nous ? Un peu d'air de la mer te ferait certainement le plus grand bien. Amène Léo, ce pauvre chien il s'amusera avec les enfants qui le feront courir. Bien sûr, si tu viens accompagnée, tu m'avertis. Au fait toujours personne ? »

« Non maman », répond-elle légèrement exaspérée.

« Nous arriverons avec ton père le jeudi pour aérer la maison donc nous vous attendons tous entre vendredi soir et samedi matin. On compte sur toi ? »

« Oui maman. »

« Cache ta joie, ma fille. Le ton que tu y mets me donne l'impression que c'est une corvée. »

« Non, tu sais que j'adore Cabourg, mais j'ai beaucoup de travail en ce moment. »

« Justement cela te fera du bien de décompresser comme vous dites tous. En plus la météo est meilleure. Nous aurons une fin de semaine bien sympathique. Allez, ma chérie, je compte sur toi. Je t'embrasse. »

Dominique n'a pas besoin de saluer, sa mère a déjà raccroché. Elle a de bons rapports avec sa famille, mais, parfois, les voir tous avec leur petit bonheur étriqué la met mal à l'aise. Quand un jour elle s'est aperçue qu'elle ressentait une pointe de jalousie face aux couples parfaits que formaient ses frères et sœurs avec leurs enfants, elle avait décidé de moins les fréquenter. Elle s'était trouvée plus que nulle d'être envieuse de sa propre famille, mais c'était un fait et n'y pouvant rien, elle préférait les voir moins souvent. Elle adorait ses neveux et nièces qui le lui rendaient bien. Sa mère et ses sœurs étaient très complices avec une même orientation de vie : femmes au foyer, enfants, famille avant tout. Au total dix neveux et nièces allant de dix-huit ans à sept ans. Finalement sa mère avait bien fait de l'inviter, elle allait passer un bon week-end et Léo serait super content d'être avec les jeunes.

Depuis toute petite, elle avait pensé qu'elle serait comme ses parents, mariée avec des enfants. Mais le destin en avait décidé autrement. Après plusieurs essais de colocation et de relations amoureuses, elle s'était rendu compte qu'elle ne pourrait supporter toute la vie ces hommes qui laissaient leurs chaussettes en boule à côté du panier à linge et l'assise des toilettes toujours levée. Elle estimait en avoir fait le tour et s'avouait que son cœur n'avait jamais été vraiment touché. Les séparations avaient été correctes et sans grande douleur. Sa mère en était la plus perturbée, sa fille avait dû lui faire comprendre, à plusieurs reprises, que c'était sa vie et qu'elle se moquait de l'opinion des autres. D'où les rapports un peu tendus entre elles parfois même si au fond elles s'aimaient et s'appréciaient beaucoup. Domi avait plus de connivence avec son père. Tous deux plus rêveurs, plus sensibles, ils se comprenaient sans se parler. Elle ne pouvait pas se plaindre, elle avait eu une jeunesse heureuse et une bonne éducation qui lui permettaient de faire face dans le monde adulte. Une stabilité, un savoir-vivre et une urbanité acquis au long de sa vie dont elle serait toujours reconnaissante à ses parents. Pour l'heure, elle doit commencer à se concentrer sur cette histoire de mains. Deux découvertes en si peu de temps, ce n'est pas banal et elle a vu le commissaire Pradot déjà bicn perplexe. Elle décide de retourner au journal pour investiguer. Elle en profitera pour déposer plusieurs articles et toucher sa paye.

CHAPITRE 9

« Cette petite main avait son charme aussi malgré son aspect plus rustique. Allons-y, je découpe délicatement la peau et les tendons de façon circulaire. Les parties molles, c'est-à-dire les muscles, les tendons et autres, sont bien dégagées et clac, une coupure nette et franche. Heureusement que le sang ne gicle pas, car il est déjà bien coagulé. Surtout ne pas oublier de tout nettoyer derrière moi ; exactement comme me disait maman quand j'étais petit. Quel bel ouvrage ! Je m'améliore chaque fois un peu plus. »

CHAPITRE 10

Arrivé au commissariat de son quartier, Elmer hésite une dernière fois. Il n'y va pas de bon cœur. Trop de souvenirs liés à des gardes à vue arbitraires quand il était à l'étranger et un casier judiciaire pas complètement vierge le font douter de la justesse de sa démarche. D'un autre côté, à son âge, il n'a plus rien à perdre. Il ne comprend pas pourquoi cette main l'oppresse autant ! Il en a pourtant vu de toutes les couleurs au cours de sa vie de baroudeur. Était-ce la finesse, la couleur, supposait-il qu'une pauvre gamine innocente avait été la proie d'un sadique ? En tout cas, il surmonte son appréhension et estime qu'une fois dans son existence il agira en citoyen.

Son aspect assez rustre et sa longue barbe ne jouent pas en sa faveur quand il demande au planton de l'entrée à parler avec un inspecteur. On lui dit de s'asseoir. Beaucoup d'allées et venues, de flics en uniforme, d'autres en civil en ce petit matin. À un moment, il voit même plusieurs personnes se presser pour sortir avec une voiture qui les attend gyrophare en action. Dans le groupe, il y a une femme qu'il a déjà rencontrée dans la rue. Elle lui a donné plusieurs fois un sandwich et un sourire. Il s'en souvient comme si c'était hier. Allier gentillesse et nourriture était si rare.

Ils avaient discuté de la pluie, du beau temps, du Pérou, de ses aventures. Il avait même retenu qu'elle était journaliste. C'est la même qui court en ce moment dans le couloir derrière d'autres agents. Il lève la main comme pour se faire reconnaître, mais ne rencontre pas son regard.

Les minutes passent, il essaye d'attirer l'attention du préposé au guichet, sans succès. Puis, lassé d'attendre, il se met debout et demande si enfin un inspecteur peut le recevoir. À la voix ferme du gardien de la paix, il comprend qu'on le fera encore poireauter. Alors qu'il s'est donné la peine de venir jusqu'ici, il se rend compte que son apparence peut indisposer et qu'on ne l'auditionnera peut-être même pas. Il sort en ronchonnant, assez fort pour qu'on l'entende, que si l'on veut savoir quelque chose sur une main coupée, on vienne le chercher. Seul le garde à la porte écoute ces paroles.

Elmer repart vers le pont au Change. Il a choisi cet endroit qui relie l'île de la Cité depuis le Palais de justice et la Conciergerie jusqu'à la rive droite au niveau du théâtre du Châtelet. Une vue imprenable en plein cœur de Paris. Il se sait privilégié, mais il faut quand même se méfier des voleurs de passage, des autres sans domicile fixe et des flics qui font des rafles. Elmer aime ce pont pour l'histoire qu'il représente et la force qu'il dégage.

Dès le XIVe siècle, les changeurs de Paris comme les joailliers, les orfèvres, s'y sont installés d'où son nom : pont au Change. Puis un incendie en 1621 a détruit le pont et les maisons qui s'y trouvaient. Les changeurs ont dû le reconstruire et c'était à l'époque le plus large de la capitale avec sept arches. Au XVIIIe siècle il est débarrassé de ses maisons. Puis il est réaménagé sous Napoléon III et constitué de trois arches. De jour, il semble rassurant et sa situation est idéale en plein cœur de Paris ; de nuit avec les lumières, Elmer le trouve de toute beauté.

Il traîne encore un peu dans les rues. La faim se fait sentir, mais au lieu de chercher dans les poubelles, car de temps en temps lui revient cette vision de main coupée, il préfère se rendre dans un « resto du cœur ». Il y rencontre quelques potes puis tranquillement retourne vers le pont. En chemin, il va saluer son ami le bouquiniste, Philippe, qui lui offre une cigarette. Elmer lui demande de lui prêter un livre sur l'anatomie humaine. Phil en trouve un vieux un peu défraîchi, mais fort intéressant. Après une fraction de seconde où il hésite à l'ouvrir, il découvre à l'intérieur quelques pages admirablement décrites de squelettes dont la structure permettait, comme le disait l'explication, à un organisme pluricellulaire de protéger les organes et de garder une certaine forme malgré la force exercée par la gravité terrestre. Deux principaux types étaient dessinés : l'exosquelette, à la surface du corps et l'endosquelette, à l'intérieur du corps. Certaines pages décrivaient le flux sanguin à travers le corps et les membres.

« Alors vieux, tu t'intéresses à la médecine ? »

« Non, mais figure-toi qu'il m'est arrivé quelque chose de terrible la nuit dernière. »

Et il lui raconte sa découverte d'une main coupée. Avouant que depuis la veille cela lui trotte dans la tête et qu'il aimerait comprendre ce que pourrait signifier ce geste.

« Mais pourquoi chercher dans un manuel d'anatomie ? Prends plutôt un bon policier. Tiens en plus, garde-moi mon stand, je dois faire une course. J'en ai pour deux heures. D'accord ? »

« Et je fais quoi s'il y a des clients ? »

« Si le prix est indiqué dessus, pas de problème. Tu peux toujours, s'ils veulent marchander, baisser de quelques euros, mais c'est calme en ce moment. Je doute que tu aies du monde et sinon ils repasseront. J'ai une clientèle fidèle qui me connaît bien. Tu dis que tu es mon cousin. Mais l'ami, tu devrais quand même être plus présentable, tu pues comme un vieux bouc. »

« T'as raison, j'irai aux douches après. Merci mec. Salut ! »

Elmer se plonge tout d'abord dans un livre sur « la main et ses significations ».

Le début ne lui apprend rien qu'il ne sache déjà. Près de 80% des Français sont droitiers. Les gauchers ont été de tout temps traités de malhabiles, maladroits. Darwin a écrit que : « L'homme n'aurait jamais atteint sa place prépondérante dans le monde sans l'usage de ses mains ». Le « fait main », le « cousu main », représentent la qualité de la confection alors que les « avoir un poil dans la main », « garder les mains dans sa poche », définissent un paresseux et un flemmard. Depuis l'ouvrier aux mains calleuses à l'intellectuel aux mains blanches ou à celui qui n'a pas besoin de se salir les mains à travailler... Il se lasse de lire tout ce qu'il sait déjà et décide de prendre un bon roman policier comme le lui avait suggéré Philippe.

La fin d'après-midi est tranquille et aucun client ne vient perturber sa lecture. Il a emprunté un San Antonio, polar qu'il apprécie particulièrement par la désinvolture du héros-narrateur, l'argot et l'humour employés. Il doit s'arrêter, car il n'y voit plus rien et est complètement frigorifié. Son ami arrive juste sur ces entrefaites. Il ferme boutique et l'invite à boire un verre pour se réchauffer.

CHAPITRE 11

Toute la journée, il a pensé à cette main. Quand il regarde les siennes pétrir avec amour la pâte, Jean-Charles imagine le drame d'en perdre une. Il a allumé la radio pour écouter en boucle les informations, mais rien n'a encore filtré. Pourquoi la journaliste a-t-elle parlé de deux mains ? Le commissaire avait alors paru contrarié. À part ses manières fouineuses, il la trouve bien mignonne cette fille. Elle doit avoir dans les trente-cinq ans ? Elle ne porte pas d'alliance, mais il est vrai que cela ne signifie plus rien à l'heure actuelle. Sans oser l'avouer pour ne pas paraître vieux jeu ou rétro, il a bien envie de se mettre en couple. Son commerce marche bien, il aspire maintenant à une vie de famille. Les amis de son âge sont tous plus ou moins avec des enfants, à son tour de connaître cette étape. Il ne se voit pas encore en père gâteau, mais une compagne au quotidien lui plairait bien. Cette fille, il ne sait pas pourquoi, l'intrigue et l'irrite à la fois. Elle a ce petit côté étudiante attardée avec ses longs cheveux, pas coquette, mais très féminine. Son regard est franc et ses yeux verts attirants. On a envie de la protéger et de lui prendre la main. Il se souvient avoir entendu le commissaire dire : mademoiselle Ménard. Il a recours à internet, le sauveur de recherche et après quelques démarches, il finit par tomber sur une journaliste

Dominique Ménard dont il lit le curriculum vitae. Il est impressionné par les études qu'elle a faites. Ce n'est pas n'importe qui : écoles prestigieuses, nombreux reportages et articles à son actif. Elle travaille pour différents groupes. La photo ne lui rend pas hommage. Elle fait beaucoup plus jeune que ce qu'indique sa date de naissance. Il tomberait presque sous le charme. Dire qu'il l'avait mal traitée à cause d'un article qui lui avait déplu quelque temps auparavant, il s'en voulait maintenant. Il s'était montré très agressif. Comment faire pour la contacter ? L'inspecteur lui a laissé sa carte de visite, il va l'appeler prétextant prendre des nouvelles sur l'affaire en cours.

« Monsieur Moretti ? Jean-Charles Villard à l'appareil. J'aimerais savoir s'il y a du nouveau dans votre enquête sur la main découverte près de mes poubelles. »

« Non, c'est encore trop tôt. Les experts du labo sont en train de faire des analyses. »

« Ah ! d'accord. Je voudrais vous demander aussi si vous avez le numéro de téléphone de la jeune femme qui était avec vous ? »

« Vous voulez encore l'engueuler ? »

« Non, au contraire je désirerais m'excuser, j'ai été un peu vif. De plus, elle a laissé tomber son écharpe et j'aurais aimé la lui rendre. »

« Attendez un instant… »

Il entend dans l'appareil la voix forte de l'inspecteur demandant autour de lui si quelqu'un a le téléphone de Dominique. Jean-Charles prend déjà note que ce qu'il a lu sur internet concerne bien la même personne.

« Non désolé. »

« Pas grave, se croit-il obligé de répondre, mais si vous la voyez, vous seriez gentil de le lui dire. Merci inspecteur. »

« À votre service. »

Tant pis, tant mieux, dommage, il ne sait plus bien ce qu'il doit en penser. C'est encore devant ses fourneaux avec les odeurs appétissantes qui s'en dégagent qu'il se sent le plus à l'aise. Il met les bouchées doubles et se surpasse pour tenter de cacher un fond de lassitude. Le travail est toujours le meilleur remède pour retrouver de l'énergie. Il a intégré quelques épices dans sa pâte à pain et attend avec impatience la sortie du four pour goûter à ces nouvelles saveurs.

La clientèle est de plus en plus exigeante et à la recherche de succulence, de délicatesse et de goût exotique. C'est ce qui fait le succès de sa boulangerie-pâtisserie ; une tradition respectée et un raffinement sans cesse renouvelé. Il y a les habitués de la baguette et du croissant du petit matin, les ménagères de dix heures, les étudiants et touristes avec leurs sandwiches du déjeuner, les pâtisseries des gourmets, les viennoiseries des goûters des enfants, les fournées de fins de journée où le client ne peut s'empêcher de grignoter le croûton sur la croquante toute chaude.

Jean-Charles est bien secondé, mais il a toujours plaisir à diriger et être dans sa cuisine. Il a su s'entourer d'une bonne équipe. Aujourd'hui il n'est pas tout à fait à ce qu'il fait. D'abord cette fille et puis cette histoire de main le chiffonnent. Il se met à chantonner inconsciemment cette comptine enfantine :

« Ainsi font, font, font, les petites marionnettes, ainsi font, font, font, trois p'tits tours et puis s'en vont. Les mains aux côtés, sautez, sautez, marionnettes, les mains aux côtés, marionnettes recommencez. Mais elles reviendront, les petites marionnettes, mais elles reviendront quand les enfants dormiront. »

La pauvre fille à qui appartenait cette main ne pourra plus jamais l'utiliser, se dit-il. Quelle barbarie et quelle sauvagerie ! Et pourquoi juste une main dans un sac près de ses poubelles ? Il n'a rien à se reprocher, mais cela l'énerve que la police vienne rôder dans son coin maintenant et fasse une enquête de voisinage.

Il y en a toujours qui le critiquent à cause des odeurs très matinales ou tardives de ses fournées. Du temps de ses grands-parents, il n'y avait pas besoin d'autant de demandes d'autorisations à la mairie, ni de contrôles sanitaires et autres à n'en plus finir. Maintenant, on est toujours sur ses gardes de peur d'avoir oublié de déclarer quelque chose. Entre tous les organismes à payer, à informer, à notifier et à certifier, il passe un temps fou avec son comptable au détriment de son vrai métier de boulanger. Il faut dire qu'il est dans un vieux quartier qui se rénove de plus en plus. Il sait bien qu'un jour ou l'autre, il n'aura plus le choix et qu'il devra déménager. Mais il n'arrive pas encore à s'y résoudre. Il est très attaché à son cadre de vie et se considère comme le garant de la tradition. Sa fameuse « croquefinette » fait presque partie du patrimoine gastronomique français. S'il n'a pas d'enfants, son secret mourra avec lui. Pas question de le divulguer à n'importe qui, ni pour de l'argent ni par esprit philanthropique.

CHAPITRE 12

Elle étire son dos après être restée si longtemps devant son ordinateur. Elle va prendre un café et s'assied confortablement dans la salle de repos de ce grand journal parisien pour relire ses notes. Elle s'est demandé d'abord quel genre de message on voulait faire passer en coupant des mains. La main est la représentante d'une personne, presque un modèle réduit symbolique. On met de la force ou de la mollesse dans une poignée de main, de l'agressivité dans une gifle, de la bonhomie dans une petite tape. C'est un langage universel sans mot. On tope-là pour arrêter une négociation ou pour s'engager à quelque chose. Les amoureux se prennent la main. La main donne et reçoit. C'est l'organe de la caresse par excellence.

Qu'est-ce que ces deux mains de femmes peuvent bien signifier ? Il faut absolument qu'elle en sache plus. Il faut aussi qu'elle repasse au commissariat pour connaître si un fait nouveau est venu éclairer cette affaire. Mais elle devrait apporter quelques petits gâteaux maison pour amadouer le chef et se faire pardonner sa bévue. Du moins espère-t-elle !

Puis elle se met à rêvasser et à repenser à Jean-Charles Villard dont elle a relu le parcours sur internet.

À part son embonpoint, elle le trouve assez attrayant. Pionnier, il allie la tradition avec la modernité. Il joue sur le savoir-faire ancien et la technologie actuelle. Il n'a pas voulu ouvrir d'autres boutiques à l'étranger, estimant qu'autre part ce ne serait plus pareil. Il met la main à la pâte avec des produits principalement français, surtout avec les farines. Il a créé une coopérative pour aider des cultivateurs préoccupés par les quotas de l'Union européenne. Il brasse et génère des emplois. Elle doit s'avouer qu'elle a été un peu légère dans son article en le critiquant ironiquement. Elle, qui d'habitude vérifie ses sources, aime prendre son temps et analyser scrupuleusement, reconnaît qu'elle s'est laissée emporter comme par dépit envers cet homme à qui tout réussit. Est-ce une manière de vouloir capter son attention ? Même pas puisqu'elle ne connaît rien de sa vie. Il doit avoir une quantité de petites amies. Elle pourrait peut-être retourner le voir et s'excuser. Son ego va en prendre un coup, mais elle veut en avoir le cœur net et comprendre pourquoi ce personnage l'attire.

Elle passe à la comptabilité pour toucher son chèque et rentre chez elle. Elle est fatiguée, mais en même temps décidée à aller voir le fameux Jean-Charles. Quel nom pompeux ! se dit-elle. Mais d'abord prendre une douche, faire une petite sieste puis s'occuper de Léo pour lui donner à manger ; elle ressort déjà. Elle connaît Paris comme sa poche et se gare non loin de la boulangerie. D'appétissantes odeurs lui effleurent les narines. Elle entre. Par chance, il n'y a presque personne. Une coquette dame d'âge mûr lui demande ce qu'elle désire.

« Un sandwich maison. »

« Pour consommer sur place ou à emporter ? »

« Ici, avec un jus d'oranges fraîches, s'il vous plaît. »

« Comme si nos oranges étaient pourries ! » tonne une voix derrière elle.

Elle se retourne surprise et perd presque l'équilibre quand deux mains fortes l'empêchent de tomber.

« Pardon ? » dit-elle en se maudissant de rougir.

« Oui, les oranges chez nous sont toujours fraîches. »

Ils se dévisagent une fraction de seconde en attente de la réaction de l'autre. Elle l'exaspère, mais elle est jolie à regarder. Il la domine par sa taille et sa force, mais il semble rassurant.

« Mademoiselle Ménard, que me vaut le grand honneur de votre visite dans mon modeste magasin de bourgeois ? » ne peut-il s'empêcher de dire, la sentant de suite sur la défensive.

« Monsieur Villard, trop aimable de descendre du paradis de vos fourneaux pour frayer avec le peuple. »

« Puisque j'ai le privilège de vous voir, je vais m'occuper de vous personnellement. »

« C'est une proposition ou une menace », dit-elle avec un demi-sourire.

« Ah ! ah ! quelle répartie, vous n'êtes jamais embarrassée, non ? »

« Disons que je sais me défendre. »

« Alors, venez connaître mon antre… si vous n'avez pas peur. »

« J'en ai fréquenté de plus terrifiants que vous. »

« Doris, mettez le sandwich de mademoiselle de côté, elle le prendra en sortant et c'est à mon compte. »

« Ne vous croyez pas obligé de… »

« Chut, je vous en prie. Ne croyez pas que je vous achète, je vous offre juste un sandwich. Mais suivez-moi, nous serons mieux à l'intérieur. »

Il a raison, elle ne s'est pas rendu compte, mais plusieurs personnes les regardent et ne perdent rien de leur échange. Elle qui a horreur de se donner en spectacle est heureuse de le suivre. Décidément, elle le trouve énervant, mais avec une répartie fort à-propos.

Il la guide à travers plusieurs pièces et lui explique les différents processus de réalisation des pains. Quand il en parle, il semble rajeuni et épanoui. Quel plaisir de voir quelqu'un qui aime vraiment ce qu'il fait et le transmet parfaitement ! Dans les cuisines règnent une ambiance agréable, des ordres criés, mais pas aboyés, des senteurs appétissantes. Elle en perdrait presque la raison. C'est justement ce qu'elle a failli faire quand son estomac qui n'a pas avalé grand-chose depuis le matin commence à se manifester. Un horrible borborygme se fait entendre. Gênée, elle se met à tousser pour tenter de camoufler ce bruit disgracieux. Au même instant il lui tend un petit pain tout chaud qui sort du four. Sans vouloir se l'avouer, elle trouve ce geste élégant. On lui apporte le jus d'orange qu'elle a commandé à la caisse.

« Merci, vraiment délicieux votre pain : croustillant, mie ferme, odeur alléchante. »

« Êtes-vous sincère ? »

« N'en ai-je pas l'air ? »

« Alors me permettez-vous de vous offrir mon dessert favori ? »

Il a l'air d'un gamin demandant la permission et ayant peur du verdict.

« Oh ! oui, avec plaisir, mais vous voulez dire votre fameuse : Nuit noire étoilée ? »

« Avez-vous déjà goûté ? »

« Non, mais sa réputation n'est plus à faire et je ne pensais pas être un jour amenée à avoir la chance de le goûter. Je sais que c'est un dessert complexe qui demande de nombreuses heures de préparation. Seuls quelques privilégiés y ont eu droit. Alors je me sens très honorée de cette intention. Mais n'avez-vous pas peur que je découvre le secret des ingrédients ? » dit-elle mi-rieuse.

« Si vous les trouvez, ce dont je doute sans me vanter, je vous épouse sur-le-champ. »

Il a dit cela sans y penser, spontanément, impulsivement. Rentrant dans son jeu elle confirme :

« D'accord. »

Une fois de plus ils prennent conscience de leur proximité et de ce mélange de trouble et d'embarras. Ils jouent avec les mots pour se donner une contenance, mais tout est sous-entendu. Pour ne pas la toucher, il a mis ses mains dans son dos. Elle a du mal à ne pas le regarder sentant que ses yeux pourraient la trahir. La gêne semble réciproque.

« Je vous laisse avec mon dessert et vous me direz ce que vous en pensez. »

« Vous partez ? » demande-t-elle déjà déçue.

« Vous manquerai-je ? »

« Ben… Non pas du tout », confirme-t-elle rapidement.

« Vous ne vous débarrasserez pas si facilement de moi. Maintenant que je vous tiens, mademoiselle Ménard, je ne vous lâcherai plus, dit-il avec un clin d'œil forcé qui la fait sourire. Je dois juste vérifier une livraison et je reviens. Vous aurez ainsi quelques minutes pour trouver si mon dessert vous plaît et sa composition… ah ! ah ! »

Il s'éloigne.

Elle commence à savourer lentement, essayant d'analyser chaque bouchée. Elle prend même son carnet pour inscrire des notes. Tout autour d'elle, on s'agite, mais cela ne la dérange pas. Elle est concentrée. Par deux fois, Jean-Charles jette un regard et la voit annotant l'air songeur. Il est satisfait de constater qu'elle goûte, prend son temps, se délecte, semble apprécier. Il ne veut en aucun cas la perturber dans sa quête d'exploration gustative.

Quand il revient auprès d'elle et qu'elle lève les yeux vers lui, il y lit un message de satisfaction.

« Je ne pourrai jamais vous dire ce que votre dessert m'a procuré de ravissement et d'extase. Cela va bien au-delà des mots. Ce fut un éclatement de saveurs en bouche. Merci tout simplement de m'avoir fait partager ce moment divin. Vous l'aurez compris je suis très gourmande. Mais il est vrai que je n'arrive pas à trouver tous les ingrédients. Un jour peut-être ? »

« Alors sans rancune. On oublie le passé et l'on redémarre sur de bonnes bases. »

« Pourquoi ? On avait si mal commencé ? » dit-elle taquine.

« Je vois que je n'aurai jamais le dernier mot avec vous. »

« Vous avez la faculté de rendre les gens heureux grâce à vos mains expertes qui conçoivent des merveilles, c'est un don. Félicitations ! »

Il est touché par son commentaire. Puis ils en viennent à parler de l'enquête policière. Elle est bien obligée d'avouer la main découverte à la gare. Ils trouvent incroyable cette histoire et se demandent si les deux affaires pourraient être liées.

Domi se sent bien, elle n'est pas pressée de s'en aller et pourtant l'heure tourne. Plusieurs employés sont déjà partis. Jean-Charles n'a aucune envie de terminer cette journée.

« Que faites-vous cette fin de semaine ? » demande-t-il.

« Je dois aller voir ma famille à Cabourg. Vous connaissez ? »

« De réputation. »

« Ça vous tenterait de m'accompagner ? » dit-elle spontanément.

« Si je n'ai pas l'impression de paraître importun au sein d'une famille, pourquoi pas. »

« Ma famille a une villa là-bas et de temps en temps nous nous réunissons tous. Ce sera tout à fait informel. Il y aura mes parents, frères et sœurs, conjoints et enfants. Mais peut-être êtes-vous habitué à plus de sophistication ? Nous allons au marché, faisons de longues balades le long de la mer, mangeons des crevettes et des crêpes, jouons au billard, au croquet et au mini-golf (l'un des plus beaux d'Europe). Bref, j'ai peur que vous vous embêtiez. »

« Alors pourquoi m'invitez-vous ? »

« C'est votre dessert qui m'a fait perdre la tête, j'imagine ! »

« Avec tout le programme que vous venez de me décrire, je ne sais pas quand j'aurai le temps de m'ennuyer. »

« Vraiment, vous viendriez ? »

« Oui. »

« Mais faites-moi une promesse. Si vous êtes mal à l'aise ou si vous vous assommez, vous me le dites en toute franchise et nous partons. Chaque famille a une histoire, une façon d'être et de vivre et je ne voudrais pas que vous subissiez les manies de notre clan », ajoute-t-elle d'une petite voix.

Il la trouve émouvante et la prendrait bien dans ses bras de suite.

« Dites-moi seulement ce que je dois apporter ? »

« Si je peux abuser je demanderai trois croquefinettes, mon papa va craquer et pour mettre maman dans votre poche, un petit gâteau bien crémeux et bien sucré. »

« Pas de problème et pour vous, jolie demoiselle ? »

« Rien. Ah ! j'allais oublier, je viendrai vous chercher samedi matin vers neuf heures, ça vous va, pas trop tôt ? C'est qu'avant je sors avec Léo. »

Et avant qu'il ne puisse demander qui est ce fameux Léo, elle part sur un signe de la main.

CHAPITRE 13

Une réunion est programmée pour essayer d'y voir plus clair avec les premières analyses. Le commissaire sent la pression monter. Dans ce genre de découvertes, il faut agir vite surtout si l'on garde la thèse d'un éventuel tueur en série. La psychologue continuait son discours sur la main symbole de travail, de dignité, d'activité, de domination, de puissance, de possession, mais aussi indication d'appartenance et de classe sociale. Les mains trouvées étaient féminines, petites. L'une soignée aux ongles peints, l'autre négligée aux ongles sales. Mains gauches, mains du cœur : d'un dépit amoureux ? Tout n'était que pure supposition. La portée des mains dans les religions pouvait aussi être envisagée. Mains qui réalisent des miracles, guérissent les malades, posture de prière. Suivant les cultures, on coupe la main d'un voleur ou un doigt en signe de soumission ou pour laver une faute chez les yakuzas. La psychologue reconnaissait n'être malheureusement pas chiromancienne pour deviner le destin sur les lignes de ces mains coupées.

Le commissaire las de ces explications qui, à ses yeux, étaient sans intérêt, demande à la doctoresse Carmen si elle n'a pas quelque chose de plus concret à lui apprendre. Un peu piquée elle lui répond qu'elle essaye de se mettre au niveau de l'entendement d'un policier, car, elle, a fait plus de dix ans d'études pour en arriver là. L'humain étant tellement complexe et chaque cas étant particulier, elle ne peut qu'émettre pour le moment des considérations psychologiques générales pour se faire une idée. Avec un demi-sourire, le commissaire Pradot lui demande de poursuivre pour les hommes incultes qu'ils semblent être...

« Le châtiment corporel est une forme de punition où une douleur physique est infligée à une personne, généralement associée à une certaine humiliation. Si dans cette affaire il s'agit d'un tueur en série, les statistiques prouvent qu'il a commis au moins trois meurtres dans un intervalle de temps qui peut être de quelques jours à plusieurs années. Le profil type est un psychopathe qui tire plaisir de ses actes et se croit supérieur. Bien souvent il n'existe pas de lien entre lui et sa victime. D'où une difficulté accrue pour vous messieurs les enquêteurs. Le tueur en série tue rarement par idéologie, par fanatisme ou par profit. Il y a aussi ceux qui ont subi des abus ou des agressions sexuelles, des violences physiques ou morales durant leur enfance. Leur moteur est ce sentiment de vengeance et de toute-puissance que leur procure le crime. Ce peut être monsieur tout le monde, car rien ne le distingue socialement. Certains tueurs procèdent avec méthode et cherchent à contrôler le déroulement du crime. Leur exaltation est due au fait qu'ils maîtrisent la situation.

D'autres réalisent un fantasme ou se vengent de leur enfance. Il y a aussi des schizophrènes, des psychotiques compulsifs, mais ceux-ci relèvent de troubles mentaux moins fréquents. Pourquoi ces mains ? Où sont les corps ? Deux mains gauches et cependant fort différentes l'une de l'autre. Le fait d'une coupe nette et bien tranchée de la main pourrait faire supposer un tueur intelligent et soigné. Ce n'est pas une tuerie barbare et sale, mais raffinée et délicate. Généralement, le tueur en série choisit le même type de victimes, ou utilise le même procédé, ou le mobile du meurtre est le même. Par contre le contenant, un simple sac en plastique noir paraît secondaire aux yeux du tueur. Il tue, découpe, mais ensuite ce n'est plus important pour lui, il s'en débarrasse. Les lieux sont aussi étranges. La gare c'est pour attirer l'attention, tant de gens y passent ! Mais près de la boulangerie, c'est soit fortuit soit pour signaler quelque chose. Tout ceci à supposer qu'il s'agisse d'un tueur en série, car sinon ce pourrait être une vengeance d'un amant jaloux, un acte indépendant d'un amoureux transi ou un tueur de masse. Serait-il possible que ces deux mains n'aient aucune connexion entre elles ? Le rapport du labo est clair sur les mêmes pratiques utilisées pour découper les mains. Voilà une brève analyse que je peux vous donner commissaire. Au fur et à mesure de votre enquête et des explorations criminalistiques, nous pourrons faire un nouveau point. Si vous n'avez pas d'autres questions, je vous laisse. »

« Merci docteur. Il va falloir se bouger un peu plus les mecs avant que cette épidémie ne se propage ou que nous ne fassions d'autres découvertes. Si, comme nous dit la psy, c'est un tueur en série, c'est au minimum trois cadavres, ou il est en train d'agir ou c'est déjà trop tard ! Reprenez les enquêtes de voisinage, tout doit être passé au peigne fin. Retournez voir le boulanger, ses employés. La fille de la gare qui a dit avoir vu quelqu'un. Vous avez quelques heures pour vous activer avant de refaire un briefing. Je veux du concret les gars. Que nous révèlent les empreintes digitales ? Âge des victimes ? Type caucasien ? Regardez les fichiers des disparus, des accidents de la route, etc. Bougez-vous ! »

Un agent de garde vient peu de temps après frapper à la porte du bureau du commissaire.

« Chef, maintenant que j'y repense, il y a un clochard qui est passé. On était tous débordés et son aspect repoussant ne nous incitait pas à l'écouter. Entre nous, on voulait se le refiler, car son odeur était trop forte. Finalement personne ne s'en est occupé et il a fini par s'en aller. »

« Passionnante votre histoire, et ? »

« J'étais de service à la porte quand il est reparti et je me souviens exactement de sa phrase : «…que si l'on voulait savoir quelque chose sur une main coupée, on vienne le chercher ». »

« Êtes-vous sûr ? »

« Oui chef, mais vous l'avez peut-être vous-même aperçu, car, quand vous êtes tous partis pour la gare, il était assis sur le banc du couloir. Il m'a même semblé qu'il avait fait un geste de la main en direction de la petite journaliste qui vient de temps en temps, comme s'ils se connaissaient. »

« Bougre d'idiot et bien sûr personne n'a pris sa déclaration, pas de nom, rien. Faites-moi une description exacte puisque vous l'avez bien vu. Si cette personne est venue ici, c'est peut-être qu'elle loge dans le quartier. Avisez vos collègues, envoyez une patrouille pour sillonner les environs, voyez aussi les services de nuit, interrogez d'autres clochards. Je veux que dans quelques heures vous m'ayez retrouvé cet individu. Exécution ! »

Jean Pradot décroche son téléphone, malheureusement il tombe sur la boîte vocale de Dominique Ménard. Il laisse un message lui demandant de rappeler en urgence sur son portable. Si l'agent a bien entendu et si le clodo a dit la vérité, il tient peut-être la troisième main. Il déclenchera alors le plan B, car un tueur en série est la terreur d'une ville, d'autant plus dans une capitale comme Paris. Cela allait présager des nuits sans sommeil et des litres de café absorbés. Sa femme, qui lui a demandé de prendre une semaine de vacances bien méritées, va encore se plaindre et maudire ce fichu métier qui lui vole son mari depuis tant d'années.

CHAPITRE 14

« Et une troisième. Je me perfectionne chaque fois un peu plus. Je suis fier de mon « réussissement » comme je disais quand j'étais petit... Sa jolie petite main blanche devient presque transparente. Il faut juste que j'améliore le découpage à la scie oscillante de l'extrémité des deux os de l'avant-bras, le radius et le cubitus, juste au-dessus du poignet. Cette fois-ci je n'ai pas oublié le sac en plastique. Travail de pro, ne rien laisser derrière soi. Que tout soit propre et nickel ! »

CHAPITRE 15

Il ne sait pas bien s'il a attrapé une cochonnerie ou si c'est cette histoire qui lui turlupine l'estomac. Mais Elmer n'est pas au mieux de sa forme. Dans ces moments-là, tout lui revient en tête. Son enfance heureuse et choyée, sa formation passionnante d'étudiant, sa vie péruvienne agitée, mais remplie de chaleur et de partage avec les autochtones, son retour pour retrouver des racines qui lui semblaient maintenant illusoires. Au lieu de profiter d'une vieillesse calme et tranquille, il se sent misérable et abandonné. Il aurait dû rester au Pérou. Reconnaissant qu'une grande partie est de sa faute, il a été imprévoyant et peu sage de gaspiller son argent. Il trouve que ces derniers temps tout est devenu trop difficile. Sa santé est précaire, il traîne une drôle de toux, son aspect est celui d'un vieil homme hirsute et sale. Aucun vêtement décent, mais toujours des haillons. Il se gratte continuellement d'où certaines croûtes purulentes qui s'infectent. Il sait bien qu'il devrait changer, mais aucune motivation ni stimulation pour le faire réagir.

« Il faut que je m'en sorte, se dit-il souvent, sinon je vais terminer avec un couteau planté dans le dos par un junkie en manque ou agressé par un voleur.

Quand je pense qu'on m'appelle « l'intello » parce que je suis ingénieur. Finir dans la rue c'est quand même un peu dur ! Comment arriver à m'en sortir ? Qui pourrait me faire confiance et m'aider à redémarrer dans la vie ? »

Il y a bien son pote Philippe, le bouquiniste, qui lui a proposé de garder son stand de temps en temps contre rétribution, mais ça ne va pas loin. Il faudrait qu'il regarde les annonces accrochées au tableau du centre de nuit. Tiens, c'est vrai, il va y aller tout de suite. Il en profitera pour voir Joséfina qui l'écoute toujours et a un mot gentil pour lui puis le médecin de garde pour ses démangeaisons, prendre une douche et se faire couper les cheveux. Un repas chaud et une nuit à l'abri feront peut-être de lui un nouvel homme ! Tout est dans la volonté mon ami, se dit-il pour lui-même. J'ai affronté des bandits, des territoires hostiles, j'ai frôlé la mort de près bien des fois et maintenant je me sens tout chamboulé après avoir vu une petite main dans un sac en plastique. Incroyable ! Je ne pensais pas devenir aussi émotif : c'est l'âge comme on dit !

C'est déjà un autre homme qui sort le lendemain du centre de la Croix-Rouge. Cheveux coupés, pantalon gris, col roulé noir et veste en velours. Le toubib a donné à Elmer une crème à appliquer pour calmer son eczéma. Se regardant dans un miroir il se trouve lui-même un meilleur aspect et l'air engageant. Il se dit qu'on pourrait faire confiance à un homme comme lui, vêtu presque comme un prince ! Il se rend compte aussi que vivre dans la rue lui a donné des manies de langage qu'il devrait perdre. Il a accepté un rendez-vous avec une assistante sociale qui pourra peut-être l'orienter vers un travail. Arrêter de boire et reprendre une vie normale doivent être ses priorités. Mais ces mots le mettent mal à l'aise, car la normalité il y a bien longtemps qu'il ne la fréquente plus.

Décidément les dieux sont cléments avec lui. L'assistante sociale lui trouve, par chance, pour commencer à se réinsérer en douceur, une place de gardien avec logement inclus dans le cadre d'un plan senior de reclassement.

« Ce n'est pas un château, mais vous serez sur le lieu même de votre travail. Une petite loge, cuisine aménagée, salle d'eau. Le travail consiste à vérifier l'identité des personnes et des véhicules qui passent. Il faut être vigilant, correct, mais interdiction de faire entrer qui que ce soit sans autorisation. Vous alternerez garde de jour et garde de nuit. Je vous crois très capable d'assurer ce travail. Vous avez fait des études, avez bourlingué dans le monde donc vous ne vous laisserez pas impressionner par quiconque. Soyez ferme, vous serez relié par talkie-walkie avec un chef de sécurité de l'intérieur du bâtiment. La rémunération ne correspond pas tout à fait au SMIC, mais le logement est gratuit ainsi qu'un repas par jour. Je crois que pour commencer une réinsertion cela va devoir vous aller. Qu'en dites-vous ? »

« Où faut-il signer ? »

« Je mets les papiers à jour et je vous demande de repasser demain. Je dois informer le directeur des ressources humaines et régler d'autres paperasseries obligatoires. Promettez-moi de garder ce poste un certain temps pour renouer avec une activité journalière et ensuite nous chercherons quelque chose de mieux pour vous. Puis-je compter sur vous ? »

« En tout cas je ferai tout mon possible. J'attendais cette seconde chance et vous me l'apportez sur un plateau. À moi de jouer. Vous savez, je voudrais vraiment m'en sortir. »

« Si vous avez une petite baisse d'énergie ou des problèmes, contactez-moi. Nous sommes là pour vous aider. »

« Merci du fond du cœur. »

Il est si ému Elmer, qu'il ne peut même plus parler. Ça paraît trop beau ! Il se pince pour être sûr qu'il ne rêve pas. Tant d'années de galère et cette opportunité qui lui tombe du ciel. Il doit s'en montrer digne. Le plus dur maintenant sera de récupérer ses affaires et d'en dire le moins possible à ses potes. S'il parle, il est fichu. Ils viendront le voir dans son travail et lui emprunteront de l'argent ou l'inciteront à boire un petit coup avec eux. Finie cette vie, il ne veut plus de ça. Justement, il croise Willy dans la rue, mais celui-ci ne semble pas le reconnaître. Incroyable ! Profitant du reflet d'une vitrine il doit s'avouer que son aspect est vraiment différent.

D'abord il s'est redressé, sa tenue lui donne bonne allure. Il paraît rajeuni sans sa barbe et avec ses cheveux courts. Si son copain ne l'a pas reconnu, c'est un signe ! Un pâle rayon le connecte avec le soleil et levant la tête il fait un clin d'œil de remerciement. Il ne sait plus bien à qui ni à quoi, mais il éprouve un sentiment de gratitude. Sa flânerie le ramène près du pont au Change dans un renfoncement connu par quelques clochards. Par chance personne à cette heure sauf Totof le chien qui surveille leurs affaires. Il n'aboie pas, le reconnaissant certainement à sa voix. Il fait rapidement le tri. Il laisse ses couvertures, ses cartons, sa vieille paire de chaussures éculées, son parapluie. En fait, il a un peu honte en se disant qu'il se débarrasse d'inutilités qui ont fait sa vie durant des années. Seuls un livre de poèmes et un petit transistor qu'il met dans un sac en plastique sont sauvegardés. Toute une vie dans un sac. J'ai vécu aussi de bons moments ici, se dit-il un peu nostalgique. À refaire le monde avec mes compagnons sans soucis du lendemain, des factures à payer ou des problèmes d'une société de consommation. Et pourtant j'y retourne, car le travail pour l'homme c'est aussi une reconnaissance d'existence. On est quelqu'un quand on a un travail. Les gens vous considèrent mieux. Un dernier regard et il s'enfuit en courant comme un voleur. Tant pis, les autres le chercheront peut-être quelques jours et puis on l'oubliera. C'est la loi de la rue. Pas d'attache, pas d'obligation.

Il retourne voir Philippe son ami bouquiniste à qui il raconte, tout fier, son prochain emploi. Celui-ci a tout d'abord du mal à le reconnaître tant son apparence physique est différente. Pour fêter ce changement, il l'invite à prendre un verre, mais Elmer refuse, car cette nouvelle chance qui lui est donnée doit être aussi une occasion de ne plus boire. Le soir avant de repartir dans le centre d'hébergement pour une dernière nuit, il a envie une fois encore d'admirer le pont au Change. D'en haut, il regarde ses anciens amis qui se passent une bouteille et discutent avec animation. Un peu de nostalgie, une pointe d'orgueil, sa vie va être différente. Sur le chemin du retour, un sac en plastique noir attire son attention. Il avait réussi à oublier toute une journée la désagréable découverte qu'il a faite si peu de temps auparavant.

« Non, celui-ci je n'y touche pas. Ce n'est pas mon histoire. J'en ai fini avec tout cela. »

Il allonge le pas et s'enfonce dans la nuit.

CHAPITRE 16

À peine réveillée, Domi se promet que cette journée va être exceptionnelle. Vite sortir Léo, préparer son sac et aller chercher son boulanger puis direction la mer. Elle a déjà l'odeur marine dans le nez. Une fin de semaine qu'elle anticipe avec délectation. Comme toujours, d'abord le geste machinal pour allumer son portable. Elle a oublié hier soir de regarder ses messages. Après la sonnerie de démarrage, elle voit cinq appels du commissaire Pradot. Je vais me faire taper sur les doigts ou rappeler à l'ordre. Sa messagerie vocale lui indique que le commissaire lui demande de le recontacter d'urgence sans autre commentaire. Elle hésite de brèves secondes. Qu'est-ce qui peut être si urgent pour qu'il insiste ainsi cinq fois ? Si c'est pour la réprimander, ça peut attendre ! Si c'est pour lui faire part de quelque chose, il aurait pu laisser un message ! Elle sent que, si elle téléphone, son week-end sera peut-être perturbé. Mais professionnellement, elle est aussi curieuse de savoir.

« Allô commissaire, c'est Dominique Ménard à l'appareil. »

« Ah, enfin ! vous vous décidez à me répondre. Je cherche à vous joindre depuis hier. Mais qu'est-ce que vous fabriquiez ? »

« Désolée, commissaire, il m'arrive de dormir surtout après une journée qui avait duré plus de vingt heures pour moi. »

« Bon d'accord, mais je vous attends de toute urgence à mon bureau. J'ai de nombreuses questions à vous poser sur un certain clochard que vous connaissez. »

« Mais je ne… »

Il a déjà raccroché. Zut et zut que dois-je faire ? Le ton de la voix du commissaire semble sans appel. Et de quel clochard me parle-t-il ? Il ne va quand même pas me bousiller mon week-end. Mon pauvre Léo je ne peux pas te sortir tout de suite. Je file au commissariat. Si ça tarde un peu au pire je décalerai Jean-Charles d'une petite demi-heure.

Elle est tout essoufflée quand elle y arrive. La porte de verre du bureau du chef est ouverte et elle s'y précipite sans frapper. Elle choisit d'attaquer :

« J'ai très peu de temps devant moi commissaire. En quoi puis-je vous être utile ? »

« Bonjour quand même mademoiselle Ménard. »

Il arrive toujours à la déstabiliser !

« Eh oui ! Bonjour. »

« Je vous ai fait venir d'urgence… enfin depuis hier que j'essaye de vous joindre… pour que vous me parliez d'un certain clochard que vous connaîtriez et qui habite peut-être le quartier ? »

« Excusez-moi, mais c'est un peu vague. »

« Oui, je me disais aussi qu'il faudrait que je rentre un peu plus dans les détails. »

Il lui fait alors la narration de l'agent Gomez et le salut du clochard à son encontre.

« Un clochard ? Laissez-moi réfléchir… Le seul que je connaisse un peu c'est celui avec qui je discute de temps en temps. Il a vécu des années au Pérou et me raconte des histoires fascinantes de là-bas. Divagation ou vérité ? Je crois même qu'il m'a dit une fois avoir été ingénieur dans une mine d'or. Il loge près du pont au Change avec d'autres sans domicile fixe. »

« Pourriez-vous me le décrire ? »

« C'est difficile. Il est toujours très sale avec une grande barbe grise. Des vêtements informes. Il a une conversation intéressante. Je lui offre parfois un sandwich, mais c'est surtout le contact qu'il recherche. Il a envie de parler pour échapper peut-être à l'indifférence de la rue. Je ne l'ai cependant pas vu récemment. Et s'il m'a saluée la dernière fois comme le dit votre agent, je ne m'en suis pas rendu compte. C'est tout ce que je peux vous en dire commissaire. Puis-je y aller maintenant ? »

« Non ma chère, car nous allons directement là-bas pour identifier l'individu. »

« Mais pourquoi ? qu'a-t-il fait ? »

« Je ne sais pas encore, mais il pourrait peut-être nous apprendre quelque chose sur une main qu'il aurait soi-disant vue ! »

« Commissaire, aujourd'hui je ne peux absolument pas collaborer avec vous. J'ai un rendez-vous très important et je dois rejoindre ma famille en province. »

« Mademoiselle Ménard, vous êtes nécessaire à mon enquête. Vous, d'habitude si battante, vous m'étonnez ! Si ce clochard est lié de quelque façon que ce soit à un assassin, j'ai besoin que vous me le reconnaissiez. Pensez un peu et si c'était vous la prochaine victime ? »

« Vous n'êtes pas fair-play. »

« Tant pis c'est un ordre et… Dominique j'ai vraiment besoin de vous. »

« Je dois passer d'abord deux coups de fil. Vous me gâchez peut-être mon avenir », dit-elle en marmonnant.

« Nous partons dans dix minutes. »

Domi est vraiment très perturbée quand elle compose le numéro de Jean-Charles. Inventer une excuse ou dire la vérité ! Elle ne sait toujours pas. C'est presque soulagée qu'elle laisse un message dans la boîte vocale.

« Jean-Charles, c'est Dominique. Je suis extrêmement désolée, mais je vais certainement devoir annuler notre fin de semaine, un cas de force majeure. Je vous recontacterai. »

Mieux vaut être brève plutôt que de donner de longues explications sur le répondeur. Elle appelle aussi ses parents. Par chance, elle tombe sur son père, toujours plus compréhensif que sa mère. Elle n'entre pas dans des détails inutiles. Juste qu'elle doit assurer une permanence non prévue. Elle lui demande d'embrasser tout le monde de sa part et lui promet un autre week-end bientôt.

De nouveau, elle se retrouve avec le commissaire dans sa voiture, toute sirène hurlante, fonçant dans les rues de Paris. Un tout petit plaisir face à la grande contrariété de sa fin de semaine gâchée.

CHAPITRE 17

Quand les inspecteurs retournent poser des questions aux alentours de la boulangerie où a été découverte la main, plusieurs personnes en profitent pour se plaindre des bruits qui viennent de l'arrière-boutique la nuit. Jean-Charles est en train de vérifier ses affaircs cn vue de son week-end à Cabourg. Il sifflote gaiement, la météo a l'air de se maintenir et il passera certainement une agréable fin de semaine. Ne pas oublier les baguettes et le gâteau qu'il a confectionné spécialement pour la mère de Dominique. Il a fait un dessert grandiose. S'admirant dans la glace de son bureau, il se trouve plutôt pas mal même si son embonpoint le gêne un peu. Il devrait quand même faire un régime. Son second lui crie de descendre à la boutique, car un inspecteur veut l'interroger. Jean-Charles regarde sa montre. Il a le temps.

« Bonjour monsieur Villard, j'ai quelques questions à vous poser. »

« Je vous écoute, inspecteur. »

« Vous aviez dit auparavant que vous n'aviez jamais eu de menaces ou de problèmes particuliers. Pourtant les voisins ont déclaré qu'ils avaient déjà fait des pétitions pour tapage nocturne. »

« C'est un ancien quartier ici. Les rues sont étroites. Si vous êtes allés chez madame de Laverrière, le général Fournier, les Zanetti et mademoiselle Cavot, il est sûr qu'ils ont dû se plaindre. Ce sont de vieilles personnes qui voudraient vivre dans le silence. Ils ne supportent ni les klaxons, ni les odeurs de pain frais, ni les jeunes qui crient, ni les chiens qui aboient. Tout cela pour vous dire que parfois quand je fais une réunion avec mon personnel et qu'ils partent en échangeant des bonsoirs à vingt et une heures, les voisins s'indignent et crient au tapage nocturne. Que voulez-vous que je fasse ? Ça fait des années que ça dure. Déjà du temps de mon père et peut-être même de mon grand-père. »

« Il paraîtrait qu'ils ont vu des personnes suspectes se glisser dans l'arrière-boutique vers minuit ? »

« Ah ! ah ! laissez-moi rire. D'abord à minuit ils doivent dormir. Ensuite, il arrive à mon second ou à moi-même de venir, dès une heure du matin, pour préparer la pâte ou autre en fonction des commandes que nous pouvons avoir. »

« Je vois. Donc d'après vous ce ne serait que des ragots de vieilles personnes. »

« Oui, inspecteur. »

« Pourtant ils ont vu et tous le confirment une femme entre deux âges se glisser quotidiennement après le départ des employés dans la réserve par derrière. »

« Écoutez, je joue franc jeu si vous ne me faites pas de problème avec cette histoire. »

« Tout dépend de l'histoire monsieur Villard. »

« J'emploie au noir une femme de ménage. Elle est Roumaine, sans-papiers, deux enfants à charge. Comme beaucoup d'autres personnes dans cette situation, des passeurs l'ont trompée et ont pris son argent. Le rêve de venir en France et de travailler. Elle mendiait du pain avec deux gamins accrochés à sa jupe. J'ai eu pitié et plutôt que de lui donner de l'argent, je lui ai proposé de l'embaucher pour faire du ménage. C'est une femme courageuse et qui a vraiment la volonté de s'en sortir. Nous avons donc décidé de le faire discrètement. Elle arrive quand tout le monde est parti pour nettoyer. Elle est très efficace, silencieuse et rapide. Elle repart après deux à trois heures de travail. Dès qu'elle aura mis de côté un petit pécule, elle essayera de régulariser ses papiers. Vous pouvez constater qu'entre ce qu'on voit et la réalité il y a toujours une grande marge ! »

« OK, je ferme les yeux sur cette histoire, mais vous m'assurez qu'elle n'a pas commis d'acte répréhensible ayant rapport avec la main trouvée. »

« Aucun rapport, car depuis une semaine elle ne vient plus travailler et je n'ai pas de nouvelles. Je ne sais même pas à qui m'adresser puisqu'elle ne m'a jamais donné d'adresse et se montre plus que discrète sur sa vie. »

« Donc depuis une semaine elle a disparu ? »

« Disons plutôt qu'elle n'est pas venue travailler ici. Peut-être aura-t-elle trouvé un autre emploi ? Elle racontait aussi qu'elle attendait son mari qui était parti à la recherche d'un travail dans le sud. »

« Pouvez-vous me la décrire ? »

« Elle doit avoir dans les quarante ans. Brune avec une natte enroulée autour de la tête, pas très grande, elle porte toujours une longue jupe et une veste en jeans. »

« Comment sont ses mains ? »

« Ses mains ? Je ne sais pas. C'est vrai qu'elle porte souvent des gants. »

« Un nom ou quelque chose que je pourrais au moins chercher dans des fichiers ? »

« Elle m'a dit s'appeler Sorina Popesco. J'étais content de son travail, le reste m'importait peu. »

« Et vous la laissiez seule dans la boutique ? Vous n'aviez pas peur qu'elle vous vole ? »

« Inspecteur, mon second vit au-dessus du magasin. C'est lui qui lui ouvrait la porte. Elle n'avait pas accès à mon bureau. Elle ne faisait le ménage que du rez-de-chaussée et des cuisines. J'ai une porte blindée au premier étage donc aucun danger de ce côté. Vous pensez bien qu'au début, on la surveillait discrètement, mais vraiment c'était le genre de femme tranquille qui ne voulait pas d'histoire. Pas bavarde et pas geignarde. C'est ce qui m'avait plu en elle. Elle semblait fière et vous regardait droit dans les yeux. »

« Pourquoi en parlez-vous au passé ? »

« Ne jouons pas sur le temps des verbes, inspecteur, pour me faire sentir coupable de je ne sais quoi ! »

« Bon, je crois en savoir assez pour l'instant, mais je vous demande de rester à la disposition de la police et de ne pas quitter Paris. »

« Quoi ? Mais vous me soupçonnez de quelque chose pour m'empêcher de bouger. »

« Non, je vous demande juste de rester disponible pour d'autres éventuels interrogatoires. Le commissaire voudra certainement entendre votre histoire et vous allez être convoqué dans les prochaines heures au commissariat. »

« Je ne peux pas, inspecteur. Je suis attendu pour le week-end en dehors de Paris et c'est très important pour moi. »

« Désolé monsieur Villard, il va falloir remettre votre fin de semaine. Je vous salue. »

Mince et dire que je me réjouissais de cette sortie. Que va-t-elle penser de moi, que je me dégonfle au dernier moment ? Je ne peux quand même pas lui dire que la police veut me revoir. Allez mon Jean-Charles courage, téléphone-lui et invente une excuse.

Une sonnerie, deux, trois et le répondeur. Tant mieux pour une fois, parler à une machine facilite le mensonge.

« Dominique, je suis absolument désolé de devoir remettre notre périple, mais un impératif de dernière minute m'en empêche. Je vous rappellerai plus tard. »

Ouf il s'en est bien sorti.

Il prend alors conscience d'un appel manqué. Il écoute sa boîte vocale et c'est abasourdi qu'il constate qu'elle aussi a un problème, elle parle même d'un cas de force majeure. Qu'est-ce que cela peut bien être ? Il se sent moins coupable, mais très déçu.

CHAPITRE 18

« Et voici la quatrième petite menotte bien coupée.

J'aurai fait le travail tout seul, mais je ne m'en plains pas. Rien de mieux pour améliorer sa technique. Toujours rien, personne ne s'en est rendu compte. Je suis le prince du dépeçage, le roi de la découpe, l'empereur du démembrement.

Il faut quand même que je fasse attention, j'ai l'impression que je ne pourrai pas continuer longtemps sinon ils auront des doutes.

Et un sac en plastique pour la balancer n'importe où et une fois de plus le tour est joué ! »

CHAPITRE 19

Un peu avant le pont au Change, le commissaire demande qu'on arrête le gyrophare. Il veut faire une arrivée plus discrète.

Dans le feu de leurs conversations, les quelques clochards réunis ne les entendent pas venir. Ils ont l'air de se disputer et deux d'entre eux tirent une couverture chacun de son côté.

« Bonjour, messieurs, Commissaire Pradot, j'aurais quelques questions à vous poser. »

« Salut commissaire, que nous vaut l'honneur ? » dit un vieil homme assis en retrait.

« Connaissez-vous un individu s'appelant Elmer et qui a séjourné ici un certain temps ? »

Silence, tout le monde baisse la tête ou fait semblant de s'occuper à autre chose. Quelques secondes passent et celui qui tient la couverture se décide à parler.

« Il se pourrait bien que oui ! »

« Ferme-la Matthieu. »

« Eh quoi, je réponds poliment au commissaire. Je n'ai rien à me reprocher moi, si tu vois ce que je veux dire. »

« Ta gueule. »

« De toute façon votre Elmer il n'est plus là. Parti, envolé, sans rien dire. Il nous a juste laissé ses couvertures et quelques vieilleries. Le salaud, on s'entendait bien et il disparaît du jour au lendemain. Il a toujours été au-dessus de nous. Il avait fait des études, lui. Mais je ne comprends pas pourquoi il ne m'a rien dit. Je me croyais son ami ! »

« Toi un pote, arrête de me faire rire, renchérit un autre. Tu lui piquais ses affaires dans son dos. »

« Ça n'empêche qu'on s'entendait bien. Mais vous êtes des ignares et ne compreniez pas nos discussions philosophiques. »

« C'est ça tu vas nous faire croire que tu es intelligent et distingué peut-être. Mais regarde-toi pauvre pomme, tu n'es qu'un poivrot comme nous ! Oui Elmer c'était autre chose, il avait de la culture. Mais pourquoi le cherchez-vous commissaire ? »

« Une affaire personnelle. »

Il ne veut pas en dire plus. Manifestement les autres ne semblent rien savoir. Ils restent encore un peu pour essayer de les faire parler, mais rien de plus. En les saluant, Jean Pradot leur dit de ne pas hésiter à venir l'informer s'ils le revoient. Ils n'ont absolument rien à craindre.

Dominique a profité de l'aparté du commissaire avec quelques clochards pour discuter avec un autre qu'elle connaît aussi de vue. Depuis peu, elle a arrêté de fumer et par chance il lui reste un paquet à moitié entamé dans son sac. Elle le sort et devant l'air intéressé du vieil homme elle le lui donne en lui demandant s'il ne sait rien de plus sur Elmer. Spontanément, il confirme que ces derniers temps celui-ci avait envie de changer d'atmosphère et que le soir il allait souvent au centre de la Croix- Rouge ou à la soupe populaire. Il supportait de moins en moins la vie dehors. Il y avait une gentille poulette qui aidait comme bénévole au centre d'hébergement qui plaisait bien à Elmer. Il lui avait même fait la confidence qu'il ne serait pas contre le fait de se remettre en ménage.

Le commissaire est au téléphone et elle ne veut pas l'interrompre, elle lui racontera après. Elle-même en profite pour regarder les messages de son portable. Elle en voit deux. Un de sa mère, elle imagine déjà ce qu'elle devait lui dire et un de Jean-Charles. Il doit être fâché. Elle est stupéfaite d'entendre qu'il annule leur sortie pour un impératif de dernière minute. Mais n'a-t-il donc pas écouté son message ou veut-il le jouer comme si c'était lui qui ne pouvait pas ? Il doit imaginer qu'elle l'a planté et il préfère prendre les devants. Comme toujours, l'homme se donne le beau rôle, alors que la femme culpabilise ! Quel macho ! Une toute petite voix intérieure lui dit qu'elle est de mauvaise foi. C'est elle la première qui a annulé ! Oui, mais son mental lui confirme qu'elle ne l'a pas souhaité, elle a été obligée à cause de l'enquête.

À ce moment-là, elle entend vaguement le commissaire Pradot dire : « Convoquez-le de suite dans mon bureau ».

Elle lui demande s'ils ont retrouvé le mendiant, mais sur une réponse négative, elle n'insiste pas.

Le retour dans la voiture de fonction se fait en silence ; chacun donnant suite à ses idées personnelles.

Dominique commence à remercier le commissaire et fait mine de partir. Elle a en tête d'enquêter dans différents lieux d'hébergement pour les SDF.

« Pas si vite mademoiselle Ménard. Je vous ai vue discuter avec l'un des clochards tout à l'heure. Avez-vous appris du nouveau ? »

« Vous êtes un fin renard commissaire et rien ne vous échappe. »

« Quarante ans de carrière ont affiné mon odorat et mon œil de lynx. »

« Je voudrais aller voir certains lieux fréquentés par Elmer le soir. Car s'il a vraiment changé comme m'a dit un de ses compagnons, j'ai besoin de comprendre si c'est dû à quelqu'un. »

« J'attends mes collaborateurs pour un briefing, mais dès que l'un se libère je lui demanderai de vous rejoindre. Laissez votre portable ouvert pour que je sache où vous êtes. Je vous connais, aventurière et parfois intrépide, mais attention où vous mettez les pieds. Nous sommes sur une histoire de cadavre, Dominique, je ne voudrais pas en rajouter un autre ! »

« OK chef, au pire vous enverrez quelques fleurs sur ma tombe. »

« Je n'apprécie pas du tout votre humour noir. Allez, filez ! »

Elle sort avec encore un demi-sourire sur les lèvres à la pensée de ce commissaire dont elle aime parfois les joutes oratoires.

Elle ne le voit pas, mais lui si. Il se demande qui peut lui inspirer ce regard rêveur et cette expression presque béate. Jean-Charles entre fort mécontent dans le commissariat. On le fait attendre plus de vingt minutes. Il ronge son frein. Il s'interroge sur la venue de Dominique ici. Enfin, on lui dit que c'est son tour.

« Je vous prie d'excuser le retard, monsieur Villard. Nous sommes comme toujours en sous-effectif en fin de semaine. Merci de vous être déplacé. »

« En effet monsieur le commissaire j'ai dû annuler un week-end prometteur, car votre inspecteur m'a obligé à venir ici et en plus on me fait attendre. Je ne sais pas comment vous vous sentiriez, mais moi je suis énervé, c'est un fait. »

« Calmez-vous, ce sera juste une formalité. Pouvez-vous me répéter l'histoire de cette... Sorina Popesco que vous employez en... fraude ? »

« Ne jouons pas au plus malin, commissaire. C'est donnant, donnant. Je vous redis tout ce que j'ai déjà raconté à l'inspecteur, mais vous me lâchez les baskets avec cette histoire de sans-papiers. Je suis un honnête citoyen, je paye mes impôts, mes taxes, mes employés, j'ai une réputation. Je ne suis pas n'importe quel délinquant à qui l'on veut soutirer des aveux. »

« Très bien, je ne demande qu'à vous croire et plus vite nous en aurons fini, mieux cela vaudra pour tout le monde. »

« Mais une petite précision juste avant. Pouvez-vous me dire ce que faisait Dominique ici ? »

« Ah ! je vois que vous en êtes déjà au prénom. »

« Y a-t-il un problème ? J'empiète sur vos plates-bandes commissaire ? »

« Quoi ? Pas du tout. Mais il y a encore peu de temps, vous l'injuriiez. Que s'est-il passé que j'ai zappé ? »

« Nous avons remis nos pendules à l'heure et une sorte de pacte de bonne conduite a été conclu. »

« Vous m'en voyez ravi. C'est une jeune femme digne d'intérêt et surprenante. C'est vrai que vous pourriez, peut-être, être faits l'un pour l'autre. Deux personnalités, deux caractères, il ne vous resterait plus qu'à mettre une bonne dose de miel dans vos propos pour les adoucir. »

« D'homme à homme, car il me semble que vous avez l'air de bien la connaître, croyez-vous que nous soyons compatibles ? Je l'ai vue sortir avec un sourire d'extase à l'instant ! »

« Ça mon cher ce doit être dû à mon charisme et à mon charme personnel, mais je n'y peux rien. Trêve de plaisanterie, nous nous éloignons de notre sujet. Je vous écoute. »

Et tandis que Jean-Charles raconte la même histoire déjà inscrite sur le rapport, le commissaire se sent pendant une fraction de seconde presque fier d'avoir un peu rabaissé le caquet de ce pâtissier prétentieux à ses yeux.

CHAPITRE 20

Son copain a vu juste. Le changement d'Elmer est également dû au fait qu'il n'est pas indifférent à la réceptionniste du centre de nuit. Joséfina est péruvienne. Ils en sont venus à parler du Pérou quand il a deviné, à son accent, son origine. Elle aussi a eu une vie chargée d'histoires.

Veuve d'un soldat tué au cours d'une attaque-surprise dans la jungle, elle a dû faire face toute seule pour élever sa fille. La pension militaire ridicule allouée ne pouvant les faire vivre, elle est par chance entrée comme employée de maison dans une famille d'expatriés français. Courageuse, discrète et ordonnée, elle a passé sa vie au service des uns et des autres sans que jamais personne ne l'ait entendue se plaindre. Son unique objectif était sa fille. Tout faire pour qu'elle ait une excellente éducation, qu'elle fasse des études, qu'elle parte à l'étranger. Elle croyait dur comme fer à ce mythe, qu'en dehors de chez soi tout est mieux, car l'inconnu fait parfois rêver ! Après avoir travaillé dans différentes familles, on l'avait recrutée pour l'ambassade de France à Lima. Petit à petit, elle avait même fini par acquérir les bases du français. Excellente cuisinière mélangeant la cuisine traditionnelle péruvienne et le raffinement français, avec les années elle était devenue indispensable dans la vie des ambassadeurs qui, eux, se succédaient alors qu'elle restait à ses fourneaux. Sa fille Elisa avait bénéficié d'une bourse pour étudier à l'alliance française. Mère et fille s'entendaient très bien et leur grand rêve était un jour de partir pour Paris, la Ville lumière.

Ce vœu se réalisa grâce à la complicité d'un ambassadeur qui ne pouvait plus se passer de ses services et lui demanda de l'accompagner en France. L'excellente cuisinière qui s'était faite par elle-même obtint par faveur spéciale un passeport et un visa pour elle et sa fille. Ayant connu les enfants de celui-ci tout petits, elle n'eut aucun mal à vivre sous le même toit.

Les années passèrent. Joséfina prit une retraite bien méritée. Sa fille devenue avocate dans une grande société internationale se donna pleinement à son travail. Elle voyageait beaucoup à travers le monde. Joséfina, active toute sa vie, se retrouva dans un petit appartement à tourner en rond. C'est alors qu'elle rencontra une amie qui lui demanda de l'aider dans le bénévolat.

Elle se dévouait maintenant pour les sans domicile fixe. Elle les inscrivait sur le livre d'entrée ou elle préparait les repas ou elle les installait. Sa forte taille, son parler chantant et sa bonne humeur étaient bien perçus par tous. Elle osait dire les choses comme elles étaient et ne se privait pas pour envoyer à la douche ceux qu'elle trouvait sales. C'est à une de ses réflexions qu'Elmer se sentit moins que rien. Comment avait-il pu en arriver là ? Il puait, sa barbe faisait peur, son apparence était plus celle d'une bête que d'un humain. Ce fut comme un déclic. Depuis il revenait souvent et quand Joséfina n'était pas de garde, Elmer était très déçu. C'est pour elle aussi qu'il se fit couper les cheveux, la barbe et mit des vêtements décents. La preuve, après cette transformation, elle ne l'avait pas reconnu de prime abord ! Ensuite, ils en avaient bien ri tous les deux. Ce qui les rapprochait, c'était le partage de la langue espagnole. Ils s'entretenaient de Lima, de la forêt vierge, des lieux qu'ils avaient fréquentés. Certains aliments comme les piments, les pommes de terre jaunes, les petites bananes de la jungle manquaient à Joséfina. Ils avaient parfois un peu de nostalgie, mais avouaient qu'ils ne reviendraient pour rien au monde en arrière.

Quand il arrive au centre, malheureusement, Elmer ne la voit pas. Elle ne vient pas tous les jours et fait moins de permanences de nuit qu'avant. Elle se fatigue ces temps-ci et a un ulcère à la jambe qui a du mal à cicatriser. Elle ne peut donc pas rester debout longtemps. Il est déçu, car il n'a pas encore eu l'occasion de lui parler de son embauche. Malgré son insistance, il ne peut obtenir de la direction ses coordonnées. Il laisse une note pour l'informer de son nouvel emploi. Il termine en lui souhaitant un prompt rétablissement et l'espérance de la revoir très bientôt. La responsable en chef assez rigide sur les principes, n'envisage pas d'un bon œil ce genre de relation, déchire le papier et le jette à la poubelle dès qu'il a le dos tourné.

Elmer se fait vite à son nouveau travail. Même si le rythme le change de son inactivité passée, il se sent repartir aisément dans la vie laborieuse. Un peu d'argent lui est donné pour repeindre son logis. Tout simple, mais à l'allure de palace pour lui, après ce qu'il a connu pendant des années. Il va prendre plaisir à tout arranger. Bricoleur et ingénieux, il se fait une table et des chaises. Prendre son temps, mais bien faire les choses, se dit-il. Entre les contrôles des voitures qui entrent et sortent, les documents à inscrire pour les visites, les badges à reprendre à la sortie, il est bien occupé. Le soir, il fignole pour rendre son nouveau chez lui agréable. Il préfère s'assommer dans le travail, il dort bien mieux ensuite sans ces inévitables cauchemars et cette crainte d'être volé ou tué en plein sommeil.

CHAPITRE 21

« *Une main de princesse, une main de pauvresse.*

Deux mains de pauvresse, deux mains de princesse.

Une douce et soignée, l'autre dure et négligée.

Mais sous la scie, tout est aboli !

À défaut de diplôme, je pourrais me lancer dans la chansonnette. »

CHAPITRE 22

Dominique repart vers l'endroit où elle apercevait parfois ce fameux Elmer. Elle sillonne à droite et à gauche, demande même à quelques commerçants s'ils le connaissent. Rien, l'indifférence totale. Où peut-il bien être ? Elle décide de retourner chez elle.

D'abord sortir Léo qui doit trouver le temps bien long, car le samedi matin est d'ordinaire consacré à une grande promenade. Elle en profite pour longer les berges de la Seine avec lui. Peu de monde, elle lui enlève sa laisse pour qu'il puisse courir et respirer à sa guise. Quelle belle bête, pense-t-elle ! Sa taille imposante, mais non épaisse, sa couleur marron chocolat, ses yeux vert-jaune en font un chien qu'on remarque. Dès qu'elle le siffle, il vient ou dès qu'il ne la voit plus, il la cherche désespérément. Un odorat très développé l'incite à aller dans les coins et les recoins les plus saugrenus ! Cette marche lui fait du bien, ce pâle rayon de soleil l'égaie. Puis lassé de courir, il revient tranquillement à côté de sa maîtresse.

Elle lui tient de longues conversations comme s'il pouvait comprendre. Car elle est sûre que cette bête a un coefficient « intellectuel » plus élevé que ceux de sa race. Combien de fois s'est-elle adressée à lui pour résoudre un problème ou lui demander son opinion ! Et à sa façon, il lui a toujours donné une solution. Dominique est en parfaite osmose avec son chien. Donc au cours de leur promenade, elle en vient à lui raconter les mains découvertes, le clochard disparu, la rencontre avec le boulanger. Léo habitué aux monologues de sa propriétaire la laisse parler. Un battement de queue plus prononcé quand elle évoque leur fin de semaine gâchée à Cabourg. Il connaît bien la ville pour y être allé souvent. Que de bons souvenirs ! Les enfants qui le caressent, le vent de la mer qui le soûle, les promenades longues et quotidiennes les pattes dans l'eau à la recherche d'une crevette ou d'un crabe. Il adore jouer dans les vagues. Ses repas sont plus copieux et réguliers qu'à Paris. Ce week-end manqué le désole un peu. Plusieurs fois, Domi a parlé de « chercher », c'est un mot qu'il comprend et il se demande comment il peut l'aider. Son portable sonne et tandis qu'elle répond, il en profite pour aller renifler plus loin.

« Non commissaire, je ne l'ai pas trouvé. Il faudrait faire les centres d'accueil de nuit. Je suis sur les berges en train de me promener avec Léo. »

« Un ami à vous ? »

« Oui, nous sommes très proches. »

« Ah ! et moi qui croyais que le boulanger commençait à vous plaire. »

« L'un n'empêche pas l'autre commissaire. »

« Mademoiselle Ménard, je ne vous savais pas de mœurs aussi libres ! »

« Si vous saviez… Léo, viens ici, lâche cette cochonnerie… oh quelle horreur ! »

Le portable tombe par terre et le commissaire écoute un son bizarre.

« Dominique ? Vous m'entendez. Qu'est-il arrivé ? »

Après quelques secondes qui parfois paraissent un siècle, elle ramasse son portable et c'est avec une voix contenue, mais tremblante et presque au bord des larmes qu'elle annonce au commissaire :

« Encore une. »

« Une quoi ? », aboie-t-il avec un mauvais pressentiment.

« Une main. »

« Ne bougez pas, où êtes-vous ? Je viens tout de suite. »

Elle reste de longues minutes comme hypnotisée par cette main qui gît à ses pieds. Le pauvre Léo ne comprend pas bien, mais sent qu'il a fait une bêtise et se tient allongé aux pieds de sa maîtresse. Elle lui caresse la tête pour le rassurer. Son regard revient à la main. Petite, tannée, un blanc jauni comme un vieux parchemin. Elle respire un grand coup et finit pas s'asseoir sur un banc tout proche.

Quelques minutes seulement sont nécessaires au commissaire Pradot pour la rejoindre.

D'un geste de la tête, elle lui désigne la main un peu plus loin. Précautionneusement il la dépose dans un sac en plastique. L'équipe d'investigation commence à quadriller la zone et prendre des photos.

« Vous êtes toute pâle. »

« Ça commence à aller mieux, mais cette trouvaille sinistre m'a choquée. Je ne sais pas comment vous supportez d'en faire votre quotidien. »

« Les débuts sont durs et ensuite on s'habitue. C'est à vous ce beau chien ? »

« Oui et c'est lui le découvreur du sac en plastique noir d'où s'est échappée cette horrible chose. Je vous présente Léonidas. »

« Ah ! Vous m'avez bien eu. Ce fameux Léo c'est lui ? »

« Bien sûr qui croyiez-vous d'autre ? »

« Le rose revient à vos joues, c'est bon signe. Eh bien ! jeune demoiselle on dirait que vous aussi allez être impliquée dans cette histoire. »

« Quoi ? »

« Témoin d'une trouvaille et d'importance, je vais devoir vous interroger. »

« Pitié commissaire, je me promenais et c'est un pur hasard si mon chien a déniché ce sac. Si je savais quoi que ce soit d'autre, vous pensez bien que je vous le dirais ! »

« Justement je vous connais, madame la journaliste, vous fourrez votre nez dans cette histoire et en trouvez une vous-même un peu étrange, non ? Qui m'a dit, il y a encore très peu de temps, que le hasard ne peut être que la cause ignorée d'un effet connu ? »

« Touché, vous êtes très fort. Mais croyez-moi ou pas, je n'ai rien à voir avec cette main ni les autres. Rendez-vous compte, c'est la troisième ou peut-être la quatrième ! Je commence à avoir peur commissaire. Cela dépasse mes compétences de journaliste. Je ne suis pas investigatrice de crimes, moi ! Par contre, je note que celle-ci est une main droite ! »

« Rentrez chez vous, reposez-vous un peu et ensuite venez me revoir au commissariat. Je prendrai votre déposition. »

« Merci. »

Et tandis que les policiers cherchent des indices et des pistes, Dominique rentre avec Léo. Après les croquettes avalées pour le chien et quelques fruits et un café pour elle, elle se douche pensant ainsi se purifier de cette image gravée dans sa tête : une main de femme gisant à ses pieds. Elle n'a plus de goût à rien, se sent vidée et fatiguée. Elle s'allonge sur le canapé et s'endort.

CHAPITRE 23

Une fois sa déclaration répétée et enregistrée, Jean-Charles sort enfin du commissariat. Il ne sait plus bien ce qu'il va faire. Son week-end est gâché, cette histoire de main commence à l'exaspérer, il est de mauvaise humeur. Pourquoi a-t-il en si peu de temps pensé que cette fille serait intéressante ? Au contraire, depuis qu'il la connaît, ce ne sont qu'ennuis, problèmes et contretemps. Il se retrouve même avec un fabuleux gâteau réalisé pour rien. Il a été bien naïf de croire en cette Dominique, son bon cœur le perdra toujours ! Les états d'âme s'entrecroisent, le laissant perplexe et fatigué. Le plus sage serait de tout oublier le plus vite possible. Il cherche dans son agenda, téléphone à une certaine Sophie avec qui il a déjà passé quelques soirées bien divertissantes, mais son numéro n'existe plus. Il appelle quelques connaissances, mais chacun a organisé son temps. En désespoir de cause il décide de rentrer chez lui. Son appartement lui semble trop grand, trop vide. Il va se préparer du café. Ceci l'apaise toujours. Chaud, fort et un peu amer, comme il l'aime.

Il s'installe face à son écran géant d'une qualité remarquable et d'un réalisme impressionnant. C'est presque comme au cinéma avec l'avantage d'être chez soi, pourtant cette fois-ci il finit par s'endormir. C'est la vision d'une main qui le réveille. Mais… personne. Il se rappelle alors son rêve. Il allait se marier et la fiancée lui donnait sa main. Décidément, se dit-il, ça va mal dans ma tête. L'après-midi est déjà bien avancé. Il ne sait pas à quoi se mettre. Bien étrange pour lui qui se flatte d'être toujours trop occupé et de ne pas avoir un moment à lui. Il hésite donc entre réviser des comptes bancaires : rien d'affolant, sortir : il n'a pas envie, lire un livre : il n'arrive pas à se concentrer. En fait, il doit se l'avouer, il y a deux choses auxquelles il pense : Dominique et cette histoire de mains. Il se demande si le commissaire va quand même mettre un nom sur ces mains, s'il va retrouver les cadavres. On a beau être au vingt et unième siècle, on se rend compte que toute technologie même performante n'est rien sans le secours du cerveau humain. Un peu bourru aussi le commissaire, tel qu'on se l'imagine dans les films de cinéma, mais il a l'air actif. En tout cas, il connaît la fille et cela chiffonne un peu Jean-Charles. Ils donnent l'impression d'avoir une certaine complicité. L'expression béate de Dominique lui revient aussi comme une obsession, se demandant pourquoi et à qui elle souriait.

Son hémisphère cérébral gauche lui dit de laisser tomber cette fille qui ne lui apporte que des problèmes. Son hémisphère cérébral droit lui confirme de l'appeler pour avoir de ses nouvelles. Il tourne et retourne les questions dans sa tête comme un collégien de dix-huit ans. La sonnerie du téléphone le fait sursauter et met fin à ses dilemmes. Incroyable, c'est elle. Doit-il répondre ou pas ? La laisser un peu poireauter ne lui ferait pas de mal. Juste une sonnerie de plus...

« Allô », dit-il d'une voix qu'il veut impersonnelle et pressée.

« Jean-Charles, c'est moi. »

« Qui moi ? » fait-il comme pour se venger du week-end gâché.

« Dominique. »

« Ah ! ma chère, comment allez-vous ? ». Il en fait un peu trop, mais veut marquer le coup.

« Pas trop bien. Je m'excuse, j'ai l'impression que je vous dérange en ce moment. Je vous rappellerai plus tard. Vous devez être occupé. »

« Non, non, enfin… oui, mais je vous écoute. »

« Figurez-vous que je viens de faire une horrible découverte en me promenant avec Léo. »

Mentalement il enregistre qu'elle a eu le temps de se promener avec ce fameux Léo, mais pas de partir avec lui. Son sang ne fait qu'un tour et il se décide :

« Et votre cas de force majeure ? C'était de vous promener avec Léo. »

« Non, c'est toujours à cause de cette histoire de mains. Je ne m'en sors plus. Jean-Charles c'est horrible. »

« Oui, je sais c'est pénible, mais il ne faut quand même pas vous mettre dans des états pareils, vous n'y êtes pour rien. »

« Si, je suis impliquée jusqu'au cou maintenant. »

Sa voix commence à virer aux aigus, signe d'une humeur changeante.

« Je ne comprends pas ce que cette histoire a à voir avec notre week-end. »

« Le commissaire m'a demandé de reconnaître un individu qui serait peut-être impliqué. Un clochard à qui j'avais déjà parlé. Et maintenant ce qui vient de se passer il y a à peine deux heures… »

Elle se met à pleurer à chaudes larmes.

Jouer à l'indifférent n'est pas non plus dans son style, il est mal à l'aise de l'entendre sangloter.

« Dominique, dites-moi où vous habitez. J'arrive tout de suite. »

« Non, il faut que je retourne au commissariat. Je dois faire ma déposition. »

« Mais de quoi ? »

« De la main ! »

« Quelle main ? »

« Celle que je viens de trouver avec Léo. »

Jean-Charles n'y comprend plus rien, d'autant plus qu'elle raconte tout cela en pleurant et en reniflant. Ce Léo commence aussi à l'ennuyer. Homme d'action, il lui dit de ne pas bouger, qu'il arrive chez elle et l'emmènera lui-même au commissariat. Après avoir noté l'adresse, il raccroche. Furieux contre lui, contre elle. Elle semble vraiment désemparée la pauvre et pourtant il s'était promis qu'il ne ferait pas les premiers pas. Mais bon, sa nature est ainsi, preux chevalier défendant les faibles !

Il arrive chez elle en très peu de temps. Quelle n'est pas sa stupeur d'être accueilli par une masse de quarante kilos qui le déstabilise et lui lèche le visage !

« Il vous aime bien, car il ne lèche pas n'importe qui. »

« Beuh, je préférerais qu'il ne m'aime pas trop. »

« Désolée, Léo assis. »

« Quoi ? C'est lui Léo ! »

« Oui, pourquoi ? »

« Non, rien j'avais pensé… »

Il préfère ne pas terminer, car il se trouve un peu nul maintenant en se disant qu'il a été presque jaloux d'un chien. (Quoiqu'il ne pouvait pas deviner non plus !)

« Si vous me racontiez tranquillement ce qui vous arrive tandis que je vous emmène au commissariat. »

Dominique refait le récit de sa découverte macabre.

CHAPITRE 24

Cellule de crise, tout le monde au branle-bas de combat. Le commissariat est en effervescence. Le procureur commence à s'impatienter, le substitut à être préoccupé et le commissaire à s'irriter.

Jean Pradot fait le point avec le substitut Claude Dubois. Il a déjà un rapport du laboratoire sur la première main trouvée dans la gare. On sait qu'elle est sans empreinte digitale. Pour ce que l'on peut considérer comme la deuxième main découverte chez le boulanger, les tests ont révélé des empreintes brouillées dues à des brûlures vraisemblablement faites par le feu. Priorité a été donnée pour que l'analyse de la troisième main soit faite sans tarder. Les résultats viennent juste de tomber : pas d'empreinte digitale. Le commissaire jure entre ses dents que cela ne va pas leur faciliter la tâche. Il faudrait un peu plus de temps pour savoir si la troisième main est semblable à la première ou n'a rien à voir. En fonction de la texture de la peau, la configuration des doigts, la taille, ce sera facile à trouver. L'ADN confirmera la véracité si besoin est. L'une des mains est plus abîmée, la peau tannée. Sans aucun doute une femme qui effectue des travaux ménagers. Pourquoi ces brûlures ? Sont-elles faites sciemment avant, ou après la mort ? Aucun accident survenu récemment par le feu. Aucun corps repéré sans identification. Bref, le chaos le plus total, la confusion la plus grande.

Pour le clochard, on commence à le pister. Différents centres d'accueil de nuit l'ont hébergé ces derniers temps. On a même lu dans un registre qu'il a passé une nuit agitée dans l'un des centres, et que le mot « main » est revenu à plusieurs reprises. Le commissaire se retient de crier, car il a conscience que ses gars font leur possible. Cette histoire tourne mal et le nombre de mains découvertes l'inquiète. Pour l'instant, l'opinion publique n'en sait rien, mais dès la moindre fuite, tout va se diffuser et faire s'affoler les gens. Les médias risquent de contribuer une fois de plus à exagérer et envenimer l'histoire et l'on va vers un scénario de panique. Quel est le taré qui a intérêt à mutiler ces femmes ? Pourquoi juste les mains ? Aucune revendication pour l'instant. Où sont les corps ? Le commissaire sent que cette histoire dépasse le crime commun. Il ne peut ni sait dire pourquoi. Seulement son flair et des années de service de pratique ! Il va rappeler mademoiselle Ménard pour qu'elle vienne faire sa déposition. Il a été trop gentil avec elle, mais c'est bien parce qu'il la connaît et la sait incapable de tremper dans ce genre d'histoire. Mais aux yeux du substitut, il doit la traiter comme n'importe quel suspect.

Justement, on lui annonce qu'elle est arrivée. Brave petite, elle ne m'a pas fait faux bond. Par contre, elle est accompagnée du boulanger et cela ne plaît pas au commissaire. Il trouve que ce dernier est un peu trop présent et pressant envers Dominique. A-t-il quelque chose à cacher avec cette histoire de femme de ménage roumaine qu'il emploie au noir ? Quand il pense ménage, il pense à la main tannée et durcie par les travaux. Pourrait-il y avoir un lien de cause à effet ?

Il demande que l'on fasse passer la journaliste seulement. Il entend Jean-Charles protester, mais Dominique le calme et lui dit qu'elle n'en a pas pour longtemps.

« Merci d'être venue mademoiselle Ménard. Je vous présente le substitut Dubois et vous prie de nous raconter exactement dans quelles circonstances vous avez trouvé la main. »

Encore une fois, Dominique refait son récit. Sa promenade sur les bords de la Seine avec son chien. Léo qui tout à coup tire sur un sac en plastique et elle qui voit cette horrible main sortir. Malheureusement, elle ne peut absolument pas en dire plus. Juste les faits, rien de plus.

CHAPITRE 25

Il commence à s'habituer à sa routine et apprécie son quotidien. Il ne cesse de penser au chemin parcouru en si peu de temps. De sa vie de rue sans domicile fixe, à gardien-vigile d'hôpital, Elmer se réjouit de sa bonne chance. Pourvu que ça dure !

Une voiture de police. Même s'il n'a rien à se reprocher, il se tient sur sa réserve en souvenir d'avant.

« Nous avons rendez-vous avec le directeur du personnel. »

« À quel sujet ? » Pourquoi a-t-il demandé ? Cela ne fait pas partie de ses attributions. C'est comme un pressentiment.

« Nous voudrions en savoir plus sur un nouveau collègue à vous. Mais peut-être le connaissez-vous ? »

Il s'imagine déjà qu'il s'agit de lui, mais pour gagner du temps, il ouvre la barrière et leur indique dans quel bâtiment se trouve le bureau du directeur. Il prend son talkie-walkie pour les annoncer et éviter de leur répondre. Un moment de panique. Que doit-il faire ? Puis il réalise qu'il n'a absolument rien à craindre, car il n'a rien à se reprocher. Ce sont les réflexes de sa vie antérieure qui le font se conduire ainsi, mais il est libre avec un travail honnête et doit se comporter comme tel.

Effectivement une dizaine de minutes plus tard, un appel du directeur lui demande de le rejoindre. Elmer, consciencieux, l'informe qu'il ne peut pas quitter son poste, son collègue étant absent. Le directeur lui propose alors de répondre à quelques questions que désirent lui poser les inspecteurs à leur sortie.

« Monsieur Elmer Jarris ? »

« Oui. »

« Pourriez-vous nous confirmer si vous êtes la même personne qui a ses habitudes près du pont au Change ? »

« Avait, inspecteur, j'ai changé de lieu. »

« N'êtes-vous pas passé il y a quelques jours au commissariat pour faire une déposition ? »

« Oui, mais personne ne m'a reçu. »

« Un collègue nous a dit que votre aspect était quelque peu négligé, mais ce n'est pas l'impression que vous donnez. »

« Ah ! pour faire mentir le dicton : *"Ne jamais se fier aux apparences",* ce qui est bien exact. Mais il est vrai que j'ai coupé la barbe et les cheveux depuis. C'est peut-être pour cela. »

« Bref, pouvons-nous prendre la déposition que vous vouliez faire ? »

« Écoutez, messieurs, j'ai bien peur que ce soit trop tard. »

« Trop tard pour quoi ? »

« Pour faire des recherches. »

« Soyez plus explicite. »

« Un soir parmi des poubelles j'ai découvert un plastique noir. Je l'ai ouvert et qu'y avait-il dedans ? La chose la plus affreuse que j'ai vue de toute ma vie et pourtant j'en ai eu des expériences dans mon existence. Une main de femme. »

« C'était donc bien cela. »

« Quoi ? »

« Ce que vous avez dit entre vos dents en sortant du commissariat et que le garde avait entendu. »

« Je ne m'en souviens plus. »

« Il va falloir qu'on vous emmène au poste pour plus de précisions. »

« Et, attendez, je n'ai rien à voir avec cette histoire. C'est déjà du passé. Soyez sympas les gars, je viens de trouver un travail qui va me faire redémarrer dans la vie. Si vous m'embarquez maintenant, on va croire je ne sais quoi et je serai mal vu. »

« Ne vous inquiétez pas, nous avons dit au directeur que c'était juste pour un témoignage. D'ailleurs, voici quelqu'un qui va vous remplacer momentanément. »

Elmer ne peut que monter dans la voiture de police en espérant que ce sera vite fait. On lui dit d'attendre que le commissaire en ait fini avec quelqu'un d'autre et ce sera son tour. Il y a un homme assis qui paraît aussi patienter.

À peine cinq minutes et la porte s'ouvre. Elmer la reconnaît tout de suite et la salue, mais Dominique avec un demi-bonjour semble se demander qui il peut être.

« Vous ne me reconnaissez pas ? »

« J'avoue… », commence-t-elle hésitante.

« C'est moi Elmer. »

« Elmer ? »

« Pardon je suis bête, vous ne devez pas connaître mon nom. Nous avons parlé à plusieurs reprises et vous m'avez même offert à manger. »

« C'est vous ! Maintenant que vous me le dites. Sans barbe, j'avais du mal à vous situer. »

« Oui je sais, l'habit fait ou défait le moine, enfin c'est ma théorie. »

« Comment allez-vous ? À quoi est due cette transformation ? Je dois vous avouer que je vous préfère maintenant. Alors ils vous ont retrouvé ? »

« Pourquoi tout le monde a-t-il l'air de me chercher ? »

« Pour prendre votre témoignage comme moi. »

« Parce que vous aussi vous en avez découvert une. »

« Oui, hélas ! »

« Ma pauvre petite, moi aussi j'ai été bien secoué quand je l'ai vue. »

Le commissaire met fin à cet échange, car il ne veut pas qu'ils en viennent à se confesser devant tout le monde. Il prie Dominique d'attendre et fait passer Elmer dans son bureau.

L'ex-clochard doit résumer tout depuis le début. Sa découverte, l'horreur qu'il en a ressentie, son envie d'aller reprendre le sac, mais trop tard. Puis la nouvelle vie qu'il redémarre et qu'il veut retrouver au plus vite pour que son chef ne lui fasse pas de reproches. À la question du commissaire lui demandant s'il n'a rien remarqué de spécial, il est un peu hésitant.

« Y a-t-il un fait, monsieur Jarris, que vous avez noté ou qui vous a paru bizarre ? »

« À vrai dire commissaire il y a un détail que j'avais remarqué, mais je ne parviens pas à me souvenir lequel ! »

« Réfléchissez bien, le moindre indice peut nous aider. »

« Non, je ne vois pas. Impossible de me le remémorer. »

« Je vous laisse ma carte, n'hésitez pas à me téléphoner si quelque chose vous revient. N'oubliez pas que parfois même le plus petit détail peut aider une investigation. Je vais vous faire raccompagner. »

Il envoie immédiatement deux agents enquêter sur le camion-ordure qui est passé ce jour-là. Trop de temps s'est écoulé, il est peu probable qu'il retrouve cette main. Les ordures vont à l'incinération après leur récupération.

L'inspecteur Moretti entre juste à ce moment avec des papiers à la main.

« Jean, j'ai des informations qui vont nous donner quelques précisions. »

« OK, appelle tous les gars, nous allons faire le point. »

C'est tout ce qu'Elmer, Dominique et Jean-Charles entendent avant que la porte capitonnée ne se referme.

Ils conversent un bref instant de cette histoire peu banale à laquelle les trois sont confrontés. Chacun raconte en quelques mots comment il a été amené à découvrir une main morte. Pour alléger l'atmosphère, ils finissent par rire de se trouver ce point commun pourtant peu courant. Dominique en profite pour demander à Elmer où le joindre au cas où ils auraient besoin de se parler et ils échangent des numéros de téléphone. Elle le voit pensif et il avoue avoir oublié un détail dont il n'arrive pas à se souvenir. En lui serrant la main, elle lui dit de ne pas s'inquiéter et que cela lui reviendra certainement. Elmer repart.

Jean-Charles et Dominique en ont assez d'attendre. Plus personne ne fait attention à eux. Alors d'un commun accord ils se lèvent et quittent le commissariat. À la sortie, il lui prend tout simplement la main et ils se mettent à courir comme pour échapper à cette histoire bien pesante.

Essoufflés, tels deux enfants, ils s'arrêtent. Il n'a qu'à se pencher pour effleurer ses lèvres. Il l'enlace et leur baiser abolit le temps et l'espace. Fractions de seconde, mais d'une intensité à leur faire perdre la tête. Le retour à la réalité est presque gênant. Sans rien dire, ils continuent à marcher la main dans la main.

Dominique se sent légère et consciente du bouleversement qu'elle a ressenti dans les bras de Jean-Charles ; lui éprouve joie et satisfaction qu'elle ait répondu à son baiser, si spontanément. Ces deux êtres pourtant adultes confirmés retrouvent leurs émois d'adolescents. D'un commun accord, ils reprennent la voiture et décident d'aller manger quelque part.

CHAPITRE 26

« Puisque vous êtes tous là, nous allons faire le bilan, dit le commissaire Pradot. Chacun à tour de rôle informera de ce qu'il a pu collecter comme données. Vas-y Moretti, commence. »

« Patron, j'ai appelé un collègue à l'INPS (Institut National de Police Scientifique) et il m'a raconté qu'il y a peu de temps, il avait été en communication avec un confrère américain pour des problèmes d'empreintes. Figurez-vous que la douane de l'aéroport de Miami ne voulait pas faire entrer un touriste sous prétexte qu'il était impossible de voir ses empreintes. Après plus de quatre heures de recherches et de discussions, ils avaient enfin compris que ce monsieur avait été traité pour un cancer gastrique avancé avec un médicament, la capécitabine. Prise pendant de longues périodes, la capécitabine peut effacer les empreintes digitales. Qu'en dites-vous ? »

« Que cette femme aurait pris ce médicament sur une longue durée ! »

« Scientifiquement il y a de fortes probabilités pour qu'il en soit ainsi. Quant à l'autre cas, le labo confirme qu'il y a eu brûlures directes. Ils ont dit avoir déjà eu l'occasion de constater des faits similaires et à chaque fois en relation avec des clandestins. Je me suis renseigné auprès de l'OFII (Office Français de l'Immigration et de l'Intégration). Il semblerait que de nombreuses personnes aient recours à ce type de pratique. Ce genre de mutilation est connu aussi bien par les policiers et les autorités que par les ONG qui aident les réfugiés, mais on n'en parle pas trop pour ne pas « déranger ». Ils essayent d'abord de limer le bout des doigts puis de les calciner. En plus cette barbarie est inutile. Le légiste m'a dit que les empreintes digitales se reforment assez rapidement. Les clandestins recommencent à se brûler les doigts environ une fois par mois. Ce qui également ne sert pas à grand-chose, car ils peuvent être aussi reconnus par les empreintes de leurs paumes. Cette atrocité sans nom est comme un cercle vicieux. On en voit de toutes les couleurs dans notre profession, mais parfois je me demande jusqu'où peut aller l'horreur ! »

« J'imagine que quand leurs doigts et leurs paumes sont lisses donc les empreintes effacées ou brûlées, ils sont tranquilles pour un temps. »

« Oui, car c'est à ce prix que le renvoi prévu dans leurs pays d'origine est retardé. »

« Ceci en effet nous éclaire bien sur ce fait étrange de ne pas trouver d'empreintes digitales. Maintenant, poursuivons… Des mains de femme, mais où sont les corps ? Inspecteur Roux, qu'avez-vous appris ? »

« J'ai fait tous les lieux où l'on pourrait rencontrer des cadavres : hôpitaux, morgues. Il y a eu une recrudescence d'arrivées de corps depuis le déraillement ferroviaire de Trinity sur Forge. Ils ont été principalement envoyés dans trois grands CHU de la région parisienne. J'ai deux hommes qui épluchent les dossiers et qui vérifient chaque cadavre. Nous avons juste la plainte d'un monsieur qui dit que son épouse n'est pas revenue après être allée garder ses petits-enfants. Elle empruntait la même ligne ferroviaire. Monsieur Barrelle est sous le choc. Il paraîtrait de plus que sa femme était malade. Nous enquêtons dans le voisinage. Dans les morgues des hôpitaux, nous avons pu constater un certain laisser-aller. Les étudiants, les médecins, le personnel vont et viennent. Tous ont un accès relativement facile aux laboratoires d'anatomie où se déroulent les dissections. On y « stocke » des corps à disséquer soit parce qu'ils n'ont pas été identifiés soit parce que le patient a fait un don de corps ou d'organes à la médecine. Ça ressemble presque à un grand frigo. Chef, j'en avais le cœur retourné. On y voit de tout, des pièces d'anatomie analysées et conservées dans le formol. On m'a expliqué que c'était le travail de l'anatomiste pour pouvoir par la suite enseigner aux étudiants. Dans ce cas je préfère encore être flic ! »

« Très bien, les gars, on avance, on avance. Maintenant le tueur : son mobile ? » dit le commissaire.

« Laissez-moi penser tout haut : notre assassin est un homme assez jeune, il tue des femmes, mais cache leurs corps. Il prend le temps de leur couper les mains. Selon le médecin légiste, la coupe est précise, nette. C'est le travail d'un professionnel. Chirurgien, boucher ? Comment fait-il pour choisir uniquement celles qui n'ont pas d'empreintes ? Ou serait-ce des personnes de son entourage qu'il connaît ? Le rapport de l'inspecteur Roux attire mon attention. Quoi de plus facile que de cacher un cadavre dans une morgue ou un labo de dissections ! C'est peut-être même là que le tueur a agi. On doit avoir tous les instruments sous la main. Le corps est remis dans la chambre frigorifique et ni vu ni connu. Je veux que l'un d'entre vous se fasse passer pour un étudiant en médecine et fouine un peu. Mais attention les gars on ne sait absolument pas à quoi ressemble notre tueur. Considérons que c'est encore monsieur tout le monde. »

« Chef, je viens d'avoir confirmation. Madame Barrelle a bien été vue dans le train qui a déraillé. Une vidéo le prouve. »

« Donc cette piste n'est plus à suivre. Sauf si… demandez à son mari si elle était souffrante et si elle prenait un médicament particulier ? »

139

« Je l'appelle et vous le dis de suite. »

Tandis que le lieutenant téléphone, le commissaire continue à lire les différents rapports posés sur son bureau. Entre le clochard, le boulanger et la journaliste, il se demande s'il y a un lien ! Trois mains coupées, pas de corps. La quatrième main disparue dans les ordures de la ville. Pas de revendication. Anonymat total. Aucune pièce pour rattacher ce puzzle. C'est une enquête vide de sens. Une mauvaise blague pour le mettre plus vite à la retraite.

« Patron, Madame Barrelle était soignée pour un cancer avancé du sein et elle prenait de la capécitabine. »

« Bingo. Allez voir immédiatement le mari et faites-le parler sur sa femme. Avaient-ils remarqué que ses empreintes digitales disparaissaient ? Y avait-il un signe particulier sur sa main ou avait-elle une bague dont elle ne se séparait jamais ? Bref, trouvez-moi quelque chose ! Si l'une des autres mains est celle d'une clandestine sans empreinte, nous n'aurons aucune chance de connaître son identité. On tourne en rond messieurs. Mais que quelqu'un aille aussi enquêter dans ces réseaux et voir si un mari cherche sa femme disparue. Profitez-en pour me retrouver le compagnon de celle qui travaillait chez le boulanger et qui s'est volatilisée. D'autres idées ? »

« Commissaire, peut-on envisager une déclaration à la presse ? On pourrait parler juste d'une main trouvée et voir si un éventuel tueur réagit. »

« Je ne crois pas. N'ayant rien nous serions relégués dans les faits divers. Il faut faire bouger les choses, mais je ne veux pas d'hystérie incontrôlable dans la population. Allez me chercher monsieur Villard qui doit attendre dans le couloir, j'ai besoin de quelques précisions. »

« Ni lui ni la journaliste ne sont là. Le planton les a vus partir il y a déjà un bon moment. »

« Ce n'est vraiment pas mon jour, soupire le commissaire excédé. Qu'on me le reconvoque ! »

CHAPITRE 27

« Allez, je dois être raisonnable, sinon je pourrais continuer sans fin et finir par me faire choper.

Je me suis prouvé que je pouvais le faire et que j'étais super bon dans cette spécialité. Mes mains accomplissent comme un rituel. Je n'ai même pas besoin de réfléchir, elles savent exactement quoi faire.

Il est vrai que je me suis attaqué uniquement à des mains de femmes, mais je ne crois pas avoir de problème avec celles des hommes. Faudrait-il peut-être que je pratique aussi ?

Pourquoi pas ? Mais plus tard pour ne pas attirer l'attention. Je soupçonne déjà le gardien de m'avoir repéré. Heureusement il n'a aucune idée de qui je suis, mais il m'a vu sortir la nuit.

Il n'a pas intérêt à faire du zèle celui-là sinon gare à lui. »

CHAPITRE 28

De retour, Elmer reprend sa routine. Il commence à se familiariser avec son travail. Trois choses le tracassent cependant. D'abord que Joséfina ne lui ait pas téléphoné. Il avait cru qu'une certaine connivence s'était établie entre eux. Ensuite ce détail dont il n'arrive plus à se souvenir de la main découverte et enfin cette silhouette entraperçue la nuit qui lui a paru familière, mais qui fuyait pourtant comme pour se cacher. Trop longtemps sous l'emprise de l'alcool, il sent que ses facultés ne sont pas aussi claires qu'avant. Mais il en aura le cœur net.

Une fois son service terminé, il décide de retourner au centre de nuit où Joséfina travaille. Devant la file qui se forme, il se voit déjà différent. Non seulement il est propre et rasé, mais il a retrouvé l'assurance que donne le fait d'avoir un emploi et d'être dans la vie active. Il reconnaît certaines têtes, mais à sa grande honte ne les salue pas. Indifférence ? Timidité ? Orgueil ? Il ne saurait le dire. Cela s'apparente à un sentiment de gêne d'avoir réussi à s'échapper de cet enfer de la rue alors que les autres y sont encore.

Même la surveillante générale, qui pourtant ne semblait pas le porter dans son cœur, ne le reconnaît pas. Joséfina par chance est là. Quand leurs yeux se rencontrent, elle lui sourit et approuve de la tête. Elmer est heureux. Elle prend une petite pause et tous deux vont à la cafétéria. Il lui demande pourquoi elle n'a pas donné signe de vie tandis qu'elle avoue avoir été déçue de ne plus le voir. Il lui assure avoir laissé ses coordonnées sur un papier donné à la surveillante. Ils comprennent que celle-ci l'a soit perdu soit jeté. Il lui raconte son travail, les nouvelles personnes qu'il fréquente. Sa fierté d'être à nouveau dans la vie laborieuse. Elle se réjouit de tout pour lui. Elle le trouve vraiment différent et comme rajeuni. Ils font le projet de se revoir plus souvent. Pour le moment elle doit continuer son bénévolat, car on compte sur elle au centre. Il la laisse et comme pour sceller un pacte lui prend la main et y dépose un baiser. Elle en est tout émue.

Sur le chemin du retour, Elmer est comme sur un petit nuage. Peut-il encore aimer à son âge ? Un futur à deux est-il envisageable ?

« Je ne suis plus un jeune premier, se dit-il, mais Joséfina a fait battre mon cœur dès que je l'ai vue. Ce n'est plus tellement le physique qui prime, mais partager ma vie avec Joséfina me semble une éventualité attrayante. Nos destins cabossés et le fait de connaître le Pérou ne sont pas étrangers à notre rapprochement. Il faut vraiment que je fasse attention pour qu'elle soit fière de moi. J'ai bien vu dans ses yeux qu'elle avait apprécié mon changement. Il faut que je me montre digne d'elle. Cependant, je dois avant d'envisager quoi que ce soit en terminer avec cette histoire de main qui continue à me tarauder. »

Rentré chez lui, il s'assied et essaye de se reporter à cette fameuse nuit où par malchance il a découvert ce maudit sac. Quel est le détail qu'il avait noté ? Fermant les yeux, il recrée la scène. Il cherchait de la nourriture et avait trouvé ce sac en plastique noir dont il avait ôté les nœuds. Il s'en souvenait encore, trois nœuds. Il avait sorti un paquet enveloppé dans des feuilles de journal. Et là, l'horreur de voir la main diaphane cadavérique. Mais quel était le détail qui l'avait frappé et sur lequel il n'arrivait pas à fixer son attention ? La main lui avait semblé petite ; pour cela il avait pensé que c'était celle d'une femme. Mais ce n'était pas cela qui le tourmentait. Les doigts… C'est ça… Ça y est, je sais maintenant ce qui m'avait troublé !

CHAPITRE 29

Ils ne se sont pas beaucoup parlé au restaurant, mais leurs yeux ne se quittent plus. Ils reconnaissent que leur week-end projeté au bord de la mer a été gâché, mais la compensation présente d'être ensemble la main dans la main leur semble plutôt douce. Tout à coup le portable de Domi sonne. À regret elle doit le prendre pour répondre.

« Ici Jean Pradot. Ne prononcez pas mon nom, mais dites-moi, êtes-vous avec monsieur Villard ? »

« Oui. »

« Trouvez une excuse pour me rejoindre au commissariat. J'ai du nouveau. Faites bien attention à vous. »

« Tout de suite ? »

« Oui, c'est urgent ! »

« … »

« Un problème ? » demande Jean-Charles.

« Oui et non. En fait je vais devoir vous quitter, car je dois me rendre au travail pour une affaire en cours. »

« Vous mentez mal, Dominique. »

« Quoi ? »

« J'ai l'impression d'avoir entendu la voix du commissaire et vous, comme un fidèle petit soldat, vous accourez quand il a besoin de vous. Si vous ne pouvez pas vous passer de lui, dites-le-moi. Cela m'évitera de me faire des idées après les baisers que nous avons échangés et qui avaient l'air de vous plaire aussi, je me trompe ? »

« Mais pas du tout et vous racontez n'importe quoi ! Et de toute façon, ma vie professionnelle ne vous regarde pas. »

« Je suis désolé pour ce que je viens de dire. J'ai été un peu vif. Vous avez raison, je n'ai aucun droit de me mêler de vos affaires. »

« En effet, vous sautez à pieds joints sur des conclusions erronées. »

« Pour me faire pardonner, puis-je vous inviter à dîner ce soir ? »

« On se rappelle plus tard pour confirmer. »

Ils se séparent sans avoir vraiment conclu. Jean-Charles se traite de tous les noms et se demande comment il a pu réagir ainsi. Ce n'est pourtant pas sa façon d'être agressif, mais cette fille l'exaspère. Elle se laisse embrasser, paraît apprécier et, l'instant d'après, elle le fuit.

De son côté, Dominique a aimé ce moment de tendresse et de complicité partagé avec lui, mais se demande aussi pourquoi elle se sent sur la défensive avec cet homme. Il semble imprévisible. Il peut être charmant ou exaspérant. C'est la faute du commissaire, qu'avait-il avec son air cachottier ? Décidément quelle fin de semaine perturbée !

CHAPITRE 30

Entre les téléphones, les imprimantes, les fax, les invectives des uns et des autres, le commissariat ressemble à une ruche d'abeilles bourdonnantes et agitées.

Dès que Jean Pradot l'aperçoit, il fait signe à Dominique de venir le rejoindre dans son bureau et la prie de fermer la porte.

Avant qu'elle ne parle, il lui demande d'être très attentive à ce qu'il va lui annoncer.

« Nous n'avons que des soupçons pour l'instant, mais je voulais vous tenir informée que nous croyons que votre boulanger pourrait être mêlé plus qu'il n'y paraît à ces histoires de mains. Plusieurs faits regroupés nous font suspecter sa bonne foi. Vous connaissant, je préférais vous le dire, mais je ne peux rien dévoiler de plus. »

« Ah non ! Commissaire, c'est un peu facile. J'ai le droit d'en savoir plus ! »

« Bien évidemment je me doutais de votre réaction. Ne pourriez-vous pas une fois dans votre vie accepter ce qu'on vous dit et ne pas chercher plus loin ? »

« Non, je suis journaliste, j'adore fouiner, j'ai cela dans les tripes et je n'y peux rien. Alors, racontez-moi ! »

« Vous ne me laisserez pas tranquille sinon ! Je le sais, je vous connais. Tout en mettant de côté certains faits qui demandent encore des vérifications, je peux juste dire que Jean-Charles Villard employait une clandestine roumaine qui a disparu depuis quelques jours. Nous venons de retrouver quelqu'un qui l'a connue et à qui elle avait confié ses enfants. Elle n'est pas réapparue depuis plusieurs jours. Nous allons procéder à des tests ADN sur les petits et les mains trouvées pour voir s'il y a un lien. »

« À votre intonation, on dirait que vous êtes presque sûr que l'une des mains appartient à cette femme. »

« En effet, j'ai ce pressentiment. »

« Mais en quoi Jean-Charles vous préoccupe-t-il ? »

« C'est là que le bât blesse ! J'ai l'impression qu'il en sait plus que ce qu'il dit. Avec ce conte d'embaucher quelqu'un par altruisme et son désir que personne ne soit au courant, il ne me convainc pas. L'un de mes inspecteurs m'a rapporté qu'il lui avait parlé pendant un long moment en essayant d'obtenir

150

des informations sur les mains déjà découvertes et comment elles avaient été découpées. La main trouvée près de ses poubelles me dérange aussi. Vis-à-vis de vous, son attitude me paraît un peu suspecte, bref, beaucoup de points sont à éclaircir. »

« Je suis abasourdie par ce que vous me racontez. Est-ce à force de vous écouter, à votre don de persuasion ou à autre chose, mais je dois reconnaître aussi que parfois je me suis sentie mal à l'aise avec lui. Une fois, il a pris ma main et l'a regardée dans tous les sens avant de me la serrer assez fort en me donnant comme explication : « Votre petite main est bien mignonne, mais ne serait pas assez habile pour pétrir la pâte. Quant à ce joli poignet si fin, il ne peut être fait que pour porter un bracelet en or. » J'avoue que sur le coup je n'y ai pas prêté beaucoup d'importance, mais cela m'a semblé bizarre. Il y a en lui une grande force et une faiblesse. Il m'a touchée par ses réparties et son savoir-faire professionnel. Croyez-vous qu'il me manipule ? Aurait-il voulu se venger de l'article que j'avais fait paraître sur son compte ? Mais non, je dis n'importe quoi et vous me laissez divaguer. »

« Je vous écoute et je trouve cela fort intéressant. Vous êtes lucide et perspicace et avez eu des pressentiments auxquels vous n'avez pas voulu donner foi, mais maintenant cela vous revient en mémoire. »

« Commissaire n'est-ce pas vous qui me manœuvrez ? Vous êtes assez rusé pour me prêcher le faux pour connaître le vrai ! »

« Je vous ouvre les yeux tout au plus. Mais prenez garde, ce garçon s'il n'est pas notre tueur a quand même quelque chose de louche. »

« Merci de me faire peur ! »

« Non je vous préviens et j'aurai l'œil sur lui. Devez-vous le revoir bientôt ? »

« Oui, il doit m'inviter à dîner ce soir. »

« Parfait, vous êtes fine et psychologue, tâchez de le faire parler. »

« Je crois quand même que c'est vous, commissaire, qui devenez paranoïaque. »

« Peut-être… en tout cas, il semble très intéressé par vous, non ? »

« J'avoue sentir également une attirance. Je retire ce que j'ai dit avant, en fait, les doutes que vous me mettez en tête ne sont pas justifiés. Vous ne me ferez pas entrer dans votre jeu psychotique. Je crois plutôt que cet homme est romantique, mais malhabile pour exprimer ses sentiments. »

Désorientée et de mauvaise humeur, Dominique rentre chez elle. Son Léo l'accueille comme à son habitude en lui faisant la fête et en la léchouillant allègrement. On ne peut pas se tromper sur tout, se dit-elle, en caressant tendrement son chien. La fidélité et le désintéressement sont plus de l'ordre canin qu'humain !

Ce que Dominique ne peut savoir c'est que dans le même temps le commissaire Pradot a mandé le pâtissier. Il lui énonce quelques arguments identiques : le fait que Dominique se soit trouvée sur les lieux de découverte des mains comme par hasard, qu'elle connaisse le clochard, qu'elle paraisse le fréquenter, voire même le séduire, alors qu'elle avait écrit un article assez virulent sur lui. Bref, Jean Pradot veut déstabiliser Jean-Charles et prêcher le faux pour savoir le vrai à nouveau. Mais ce dernier, aussi fin que le commissaire, ne se gêne pas pour le traiter immédiatement de paranoïaque, exactement comme Dominique quelques instants plus tôt. Jean-Charles avant de se lever et de partir, arrive même à remettre le commissaire à sa place en lui disant que pendant qu'il perd son temps avec lui, l'assassin court toujours.

Le lieutenant est bien étonné de la tactique de son chef, car ce n'est pas dans son habitude d'agir ainsi. Il finit par lui suggérer de faire attention, il mène là un jeu bien dangereux. Ce à quoi le commissaire lui répond de s'occuper de ses oignons, en l'occurrence de l'enquête ; de son côté, il en assume complètement la responsabilité. S'il avait pu avoir un soupçon de culpabilité vis-à-vis de ces deux-là, il doit reconnaître que tout semble clair et qu'ils n'ont pas de lien avec le maniaque. Ils sont d'ailleurs assez bien assortis, conclut-il devant l'air ébahi de son lieutenant qui n'y comprend plus rien.

La mobilisation générale donne des résultats. Il obtient rapidement les analyses des ADN des enfants de la jeune femme roumaine disparue. Enfin du concret. En comparant les trois mains, deux correspondent bien. Donc on peut attribuer une propriétaire à la main retrouvée chez le boulanger et à celle découverte par Dominique. Preuves établies d'une même appartenance, main gauche, main droite de Sorina Popesco. Les questions restent posées : qui a eu intérêt à la tuer et pourquoi ? D'après le milieu des filières clandestines, on a réussi à retrouver le mari. Le commissaire charge un de ses hommes de l'informer de la triste fin de sa femme et d'essayer de le faire parler ainsi que les enfants sur leur récent passé. Reste toujours la main volatilisée du clochard et celle de la gare. Reprenant espoir, le commissaire Pradot regarde ses notes, mais se rend compte qu'Elmer ne lui a pas dit si la main trouvée était la gauche ou la droite. De plus, ce dernier a aperçu un détail dont il n'arrive pas à se souvenir. Il va retourner le voir, mais Moretti entre dans son bureau à ce moment-là.

« Jean, monsieur Barrelle est effondré du décès de sa femme dont on a retrouvé le sac à main dans les décombres du train depuis peu. Un agent est auprès de lui pour l'emmener à l'hôpital reconnaître le cadavre. D'après son récit nous avons pu tout reconstituer. Son épouse Josiane Barrelle née Legoud prenait le train deux fois par semaine pour se rendre à Paris. Le mercredi elle passait sa journée avec ses petits-enfants et le samedi à l'hôpital. Longtemps malade avec son cancer, elle a finalement guéri grâce à ce médicament, la capécitabine. Tellement heureuse de s'en être sortie plus vite que d'autres, elle avait décidé de consacrer chaque samedi quelques heures à ceux qui souffraient à l'hôpital. Elle était bénévole et aidait aussi bien à distribuer le goûter aux personnes âgées qu'à lire une histoire aux enfants malades. Confirmation médicale, l'un des effets secondaires de ce médicament est bien la disparition des empreintes digitales. Elle en avait ri avec son mari considérant que pour elle cela n'avait aucune espèce d'importance. Rien ne laissait présager ce déraillement du train Paris - Trinity sur Forge. Elle rentrait après avoir gardé ses petits-enfants. Le train comme fou était sorti des rails, mais ceci est une autre histoire qui concerne nos collègues des transports. Son mari m'a mis la puce à l'oreille en parlant de certains agissements que sa femme avait remarqués à l'hôpital. Elle lui avait dit avoir entendu des étudiants se plaindre, car ils ne pouvaient pas pratiquer leur cours d'anatomie sur les cadavres de la morgue. Une sotte histoire de clé disparue empêchant d'entrer dans ladite salle. À peu de jours des examens, les étudiants étaient mécontents. Selon elle aussi beaucoup trop de laisser-aller dans les couloirs, peu de surveillance et de vigilance. Elle-même avec son franc-parler s'était vue obligée de gronder certaines personnes qui fumaient dans l'enceinte de l'hôpital. Ce manquement aux règles et à une hygiène stricte l'avait amenée à prendre un rendez-vous avec un responsable pour en discuter, mais d'après son mari, la date en était toujours repoussée, faute de temps. Bref, le corps de madame Barrelle a été transporté à l'hôpital Saint Jean, le même où elle était bénévole. On a averti le mari beaucoup plus tard quand son sac à main a été retrouvé pour confirmer son identité. Comme je vous l'ai dit, un agent est en chemin vers le CHU et nous informera s'il y a quoi que ce soit de suspect. »

« Parfait, nous avançons. Gomez, es-tu allé fouiller un peu dans les hôpitaux et les morgues ? »

« Oui commissaire. D'abord avec Bennini et Polanski nous avons suivi la piste du déraillement pour savoir si tous les corps avaient été identifiés. Et c'est le cas dans les trois hôpitaux où ils ont été envoyés. Ensuite nous nous sommes intégrés aux étudiants et c'est là que nous rejoignons le récit de Moretti. À l'hôpital Saint Jean, les jeunes gens ne sont pas contents qu'on les empêche de pratiquer sur les cadavres de la morgue. Il faut dire qu'il vient d'y avoir une restructuration et un changement de direction. Il faut avouer que c'est un peu la panique là-bas ! De plus, la période des examens va bientôt commencer et ils sont tous en effervescence, voire survoltés. Mais on ne peut pas dire que tout le monde y ait accès, car la salle de dissection est fermée depuis plusieurs jours pour cause de perte de clé. Le gardien nous racontait que seule l'administration a le pouvoir d'en refaire faire un double. Nous sommes allés voir et l'on nous a dit que la personne qui s'en occupe normalement est en vacances. Bref, nous avons constaté aussi du personnel démotivé et un hôpital assez négligé. Les élections doivent avoir lieu, ce qui devrait arranger considérablement l'ambiance. Une fois le conseil de surveillance, le directeur, le directoire, les organes représentatifs et consultatifs élus mis en place, le fonctionnement de l'établissement où se mêlent gestion publique et privée sera peut-être plus opérationnel. Mais nous voulions en avoir le cœur net et nous y sommes retournés discrètement de nuit. Du côté de l'entrée des voitures, tout est très bien surveillé. Un gardien en permanence de jour et de nuit avec caméra, barrière et dispositif de sécurité. Aucun véhicule ne peut circuler sans son accord. Mais pour les piétons, on peut déambuler sans se faire trop remarquer. C'est d'ailleurs ce que nous avons fait. Direction les sous-sols, nous n'avons rien constaté d'anormal si ce n'est un rai de lumière sous la porte de la salle de la morgue. Au moment où nous allions y entrer, nous avons dû nous planquer vite fait,

157

car deux femmes de ménage sont arrivées. Elles discutaient et après leur passage nous avons observé que la lumière avait disparu. Bennini a réussi à ouvrir la porte avec son passe. Il ne nous était pas possible de dire si les choses étaient en ordre ou pas ne connaissant pas les lieux. Une forte odeur de formol nous a surpris surtout si l'on doit considérer que personne n'était supposé entrer dans cette salle dont la clé avait soi-disant disparu ! Par curiosité nous en avons profité pour regarder un peu plus loin dans la morgue. Chef, il y a des lieux qui font quand même froid dans le dos. Avec les néons blanchâtres, la fraîcheur de la pièce et l'odeur de mort, nous ne nous sentions pas très à l'aise. De nombreux casiers le long du mur s'échelonnant de haut en bas. De quoi vous mettre la chair de poule jusqu'à la fin de vos jours. »

« Si la lumière s'est éteinte après avoir entendu du bruit dans le couloir, comme tu me l'as raconté, avez-vous pensé que l'intrus aurait pu se glisser dans l'une des cases ? »

« Oui chef, on a ouvert quelques casiers, certains étaient vides et d'autres recouverts d'un drap blanc pour cacher les cadavres. »

« J'espère au moins que vous avez eu la curiosité de regarder sous les draps. À vos têtes j'imagine que non ! Bon sang, pas un de vous n'a eu l'envie de voir si c'étaient de vrais cadavres. Il faut avouer que la cachette serait idéale. Maintenant, c'est trop tard, votre homme a dû attendre que vous sortiez et lui-même a dû tranquillement repartir. »

« Désolé, commissaire. »

« Un peu tard. Je me demande parfois ce que vous apprenez à l'école de police ? »

« Allez Jean, calme-toi, dit Moretti, on a eu aussi nos bévues dans notre jeunesse. Te souviens-tu d'un certain cimetière où l'on devait enquêter à cause d'une tombe profanée ? »

« Ne le mentionne même pas, je préfère ne pas y penser ! Pour en revenir à nos moutons, retournez-y ce soir les gars, je veux du lourd. Faites parler les gardiens et le personnel de ménage, ils voient beaucoup de choses qu'ils n'ont pas idée d'interpréter parfois. On doit passer à la vitesse supérieure, les huiles d'en haut ont besoin de concret, on flotte encore trop quoique nous ayons bien avancé déjà sur deux mains. Toujours pas de revendication donc on peut estimer que le tueur ne coupe que pour se divertir. »

Juste au même instant, un appel téléphonique dans le bureau vient à point pour détendre un peu l'atmosphère. Pour ces hommes qui font tout leur possible pour démêler les imbroglios de la vie des gens et qui prennent beaucoup de risques, rien n'est facile.

« Chef, agent Paul Durant au rapport. Je suis avec monsieur Barrelle pour la reconnaissance du corps de sa femme à la morgue de l'hôpital Saint Jean et figurez-vous que ce dernier vient d'avoir une syncope. Quand le médecin a soulevé le drap, monsieur Barrelle a d'abord hoché la tête en signe de reconnaissance, mais après avoir baissé un peu plus le tissu, il a constaté qu'il n'y avait plus de mains. Le pauvre homme s'est évanoui, il vient juste de reprendre ses esprits. Même le légiste n'y comprend rien. Qui a pu mutiler le corps ? Il affirme être le seul en ce moment de permanence dans la journée et le seul à posséder une clé puisque l'autre a disparu. Le soir personne n'a accès à cette zone, il ferme tout avant de partir. C'est le plein délire ici, commissaire. La malchance a été qu'une femme de service était en train de terminer de nettoyer et a vu aussi le cadavre, elle s'est enfuie en criant comme une folle ameutant tout l'hôpital. Je suis seul en ce moment et vous demande d'urgence du renfort avant que l'hystérie ne gagne tout le monde. »

« Je vous envoie une assistance tout de suite. Restez calme pour contrôler la situation et remarquez bien s'il y a quelque chose de suspect en attendant, ou si l'attitude de quelqu'un de proche vous semble bizarre. »

« OK, j'ouvre l'œil. »

Sur un signe de Jean Pradot, la brigade s'est déjà mise en mouvement. Il leur dit que la priorité est de savoir si la main de la gare peut appartenir à madame Barrelle.

« Faites venir toutes les équipes, je veux avoir les résultats immédiatement. Je vous rejoindrai un peu plus tard, je vérifie d'abord certains renseignements collectés sur mon bureau. »

Son flair de flic lui dit qu'ils s'approchent de la vérité. Déjà les deux mains identifiées de la femme roumaine. À ce propos le mari avait corroboré la version du boulanger. Sa femme travaillait au noir quelques heures à droite et à gauche pour payer un modeste logement et nourrir les enfants. Lui s'était absenté de Paris, car on lui avait promis une embauche dans une exploitation agricole au sud de la France. Il était revenu les chercher. Il avait retrouvé les petits, mais pas sa femme et il commençait à s'inquiéter. Les enfants lui avaient juste dit qu'elle avait trouvé un nouvel emploi de nuit à l'hôpital qui, selon elle, était plus payé que les quelques heures qu'elle faisait chez un boulanger. Ils avaient été déçus, car ils aimaient la baguette et les croissants qu'elle leur rapportait. Mais il fallait qu'elle reste très discrète, si cela se savait, elle risquait gros. Quand on fit part au mari de la triste découverte des mains supposant ainsi qu'elle devait être morte, mais qu'on ne trouvait pas son corps, le pauvre homme s'effondra. Il prit sa tête dans ses mains et se balançant doucement murmura des paroles inconnues de l'entourage. Puis se redressant, le visage en pleurs, il demanda pourquoi. Ils avaient économisé pendant plusieurs années pour passer clandestinement en France. Persuadés d'y trouver un pays d'accueil et du travail. Ils n'étaient pas paresseux tous les deux, mais durs à la tache. On leur avait fait miroiter un paradis qui n'existait pas. Leur angoisse concernait leurs deux enfants à qui ils avaient voulu donner une possibilité d'étudier et une vie digne, un avenir assuré. Trompé par des passeurs peu scrupuleux, l'emploi qu'on lui avait promis dans un premier temps était fictif. Sa femme avait dû mettre sa fierté de côté et aller mendier dans la rue avec les petits. Ils avaient galéré dans le pays des droits de l'homme à cause de leur crédulité. Mais après plusieurs mois, enfin une lueur d'espoir d'avoir trouvé un travail qui garantissait une vie et un logement décents ainsi que l'école pour les enfants. Il venait donc le sourire aux lèvres annoncer la bonne nouvelle à sa famille et on lui parlait du drame. Pourquoi ? Pourquoi ? N'avaient-ils pas assez souffert ? À cela, personne ne pouvait répondre. Il est envoyé chez une psychologue et une assistante sociale pour parer au plus pressé. Il veut reprendre ses enfants avec lui et quitter cette capitale maudite. Les petits, interrogés, n'apprennent rien de plus. Ils semblent prostrés. Il y a confirmation aussi du mari sur le fait qu'ils étaient coutumiers des brûlures aux doigts pour faire disparaître les empreintes et éviter

162

une reconduction à la frontière trop rapidement s'ils étaient pris. Le commissaire, homme sensible dans le fond, mais qui en a vu tellement au cours de sa carrière, se désole sincèrement pour cette famille. Il se doit de rester concentré sur l'enquête. Il retient seulement qu'elle avait trouvé du travail au noir dans un hôpital. Ce serait trop beau si c'était Saint Jean, le même où était madame Barrelle. Quelques faits semblaient liés ! Déjà deux femmes avec les mains amputées. On avance, on avance, se dit-il !

CHAPITRE 31

Elmer est de plus en plus content de la tournure que prend sa vie. Renouer avec Joséfina lui fait du bien. Elle a apprécié sa nouvelle apparence, sa volonté de se sortir de la rue et d'arrêter l'alcool. Ils ont décidé de se voir le plus possible en fonction de leurs disponibilités, deux à trois fois par semaine. Le seul point noir au tableau est cette histoire de main. Mais ça y est, enfin il s'est souvenu du détail qu'il cherchait. Il hésite à téléphoner au commissariat ou à se déranger pour voir le commissaire qui l'avait interrogé. Il l'avait jugé sûr et intelligent pas comme certain qui voulait vous trouver des noises au seul fait d'être clochard. Il se promet de s'y rendre le lendemain. Il en profitera pour demander des nouvelles de la jeune femme journaliste avec qui il avait causé la dernière fois. Elle lui plaisait bien avec son regard franc et sa gentillesse spontanée. Il faut aussi qu'il voie son chef, car il doit lui signifier ses doutes sur le trafic de nuit. Peut-être que cela ne le concerne pas, mais ce n'est pas normal. Lui garde la porte d'entrée des véhicules qui doivent obligatoirement s'arrêter, déposer une pièce d'identité, mais pour les piétons, c'est autre chose. Le contrôle est plus que laxiste. Ces allées et venues de nuit lui semblent suspectes. Aussi préfère-t-il en informer son supérieur plutôt que d'en être tenu responsable par la

164

suite pour faute de surveillance. Et puis cette ombre qu'il a aperçue plusieurs fois longeant le bâtiment près de la morgue. On ne rase pas un mur en pleine nuit quand on a la conscience tranquille. Il sait ces choses-là pour avoir assez vécu. On ne la fait pas à un vieux renard comme lui ! Bizarre. Au pire, on lui dira de se mêler de ses oignons et au mieux on l'écoutera. De toute façon, il en fera part.

En attendant, il va penser à ce qui pourrait plaire à Joséfina qui doit passer le visiter dans son logis. Il achètera un petit bouquet de fleurs pour égayer un peu la pièce ; il le lui offrira après. Elle doit apporter un dessert et, lui, il a promis de lui faire goûter sa spécialité : le *aji de gallina*, la poule piquante. Il mettra du poulet qui coûte moins cher accompagné de pommes de terre, de riz blanc et de piments, cela leur rappellera la cuisine péruvienne. Il pense aux ingrédients qu'il ira acheter en début d'après-midi. Tout doit être fait pour voir briller les yeux de sa nouvelle amie et se montrer digne d'elle.

CHAPITRE 32

Estimant qu'elle est rentrée chez elle, Jean-Charles téléphone à Dominique. Il entend une voix préoccupée et un peu brève, ce qui ne lui ressemble pas. Ils conviennent de se retrouver dans un petit restaurant que tous deux connaissent dans le Quartier latin. Elle lui expliquera certainement son état d'csprit après tous les problèmes auxquels ils ont été confrontés en peu de temps. Cependant, un doute l'envahit. Il a cru éprouver des sentiments pour cette fille jusqu'à la suivre en fin de semaine dans sa famille, puis l'appel suspect qu'elle a reçu, sa découverte de la main et les paroles sournoises du commissaire, tout cela finit par le mettre mal à l'aise. Certes, elle n'a pas le profil d'une psychopathe, mais si elle avait un lien avec le tueur ? Plusieurs fois, elle lui a posé des questions sur sa façon de pétrir la pâte, sur le fait qu'elle admirait ses mains fortes et puissantes et maintenant il ressent comme une gêne.

Jean-Charles ne peut savoir que les mêmes doutes assaillent Dominique. Tout ceci a été habilement distillé par le commissaire Pradot qui pensait que, chacun soupçonnant l'autre, ils resteraient sur leurs gardes. Pointe de jalousie, regrets ? Comment deviner pourquoi le commissaire en était arrivé à cela ? Il l'avait admis : il y avait attirance mutuelle entre ces deux-là, ils semblaient assortis ! Mais la vie est tellement imprévisible qu'il a préféré les faire se suspecter un peu afin de ne rien laisser au hasard, tous deux ayant eu un lien et une implication dans cette diabolique histoire.

Ils arrivent presque en même temps et au premier regard échangé ils ont l'impression qu'ils sont finalement et totalement faits pour s'entendre ; comme une évidence incontournable. Une attirance physique indéniable, mais aussi quelque chose d'indéfinissable qui fait dire que les voies du cœur sont impénétrables. Chacun se met à raconter ses doutes, ses préoccupations, ses craintes. Ils se promettent de dire deux mots au commissaire sur sa façon de vouloir manipuler les gens. Finies les suspicions entre eux deux. Dominique lui explique qu'elle connaît le commissaire depuis des années et que malgré son caractère parfois spécial, c'est quand même un très bon flic. Jean-Charles est plus rancunier, car il avoue avoir douté d'elle à cause des sous-entendus de Jean Pradot. Dominique reconnaît qu'il en est de même pour elle, affirmant qu'elle a presque pensé que Jean-Charles pourrait avoir un lien avec cette macabre histoire. Une fois le point fait et les idées éclaircies, ils se commandent des lasagnes qui ont l'intérêt de pouvoir se manger juste avec la fourchette, car de l'autre côté ils se tiennent la main. Ils décident de parler d'eux et de laisser tomber pour le moment tout le reste. Entre morceaux de vie, espoirs, échecs, famille et travail, ils ne voient pas le temps passer. Le restaurant attend pour fermer et ils sont bien obligés de partir. Elle est venue en métro, il lui propose de la raccompagner. À l'inévitable question du dernier verre, il soupire en lui demandant de ne pas le tenter plus, car il doit faire un inventaire et a donné rendez-vous à son second très tôt pour commencer la première fournée.

« Mais très tôt, c'est quelle heure ? » dit Domi câline et espiègle.

« Il faut que je sois sur place à deux heures du matin. »

« Ah ! oui, quand même. Il est déjà une heure. Oh ! je suis absolument désolée, tu aurais dû me le dire et nous ne serions pas restés si longtemps. »

« Une nuit sans sommeil n'est pas grand-chose par rapport à la délicieuse soirée que je viens de passer. »

Il se penche vers elle et l'embrasse tendrement d'abord puis passionnément. Il presse sur le clic pour libérer sa ceinture de sécurité qui les gêne. Surprise par le bruit qui la fait sursauter, Dominique tourne la tête et la prend en pleine figure. Un cri de douleur lui échappe. Jean-Charles se traite de tous les noms, s'excusant, l'embrassant tout doucement pour se faire pardonner.

Lui redemande dix fois si elle n'a pas trop mal. Elle le rassure, ayant été plus stupéfaite en réalité que vraiment souffrante. Mais lui constate une balafre bien rouge et sa joue de plus en plus gonflée.

« Je monte chez toi pour te mettre de la glace. »

« Non je t'assure, ne te retarde pas et en plus je n'en ai pas. »

« J'aurais l'impression d'être un salaud si je ne fais pas quelque chose. »

Alors il lui raccroche cette fois-ci doucement sa ceinture et avant qu'elle puisse dire quoi que ce soit, il redémarre lui annonçant qu'il l'emmène aux urgences de l'hôpital. Elle a beau le traiter de fou, dire qu'elle veut juste monter chez elle, il fait la sourde oreille et fonce dans la nuit.

CHAPITRE 33

« *Heureusement que j'en ai fini avec mes mains, car l'hôpital commence à être en effervescence. Entre les élections du nouveau bureau et les gars qui fouinent, je n'aurais pas pu faire tout ce que j'ai fait !*

Je suis sûr que les deux que j'ai vus étaient de la police. Ils voulaient la jouer cool et étudiants, mais j'ai du flair. Et dire qu'ils n'ont même pas eu la présence d'esprit de soulever le drap ! Trop bonne celle-là ! D'un autre côté j'aurais été mal barré qu'ils m'y découvrent.

Bientôt les examens, je devrais être au point. Ah ! bien sûr si j'avais pu m'en faire une petite dernière, mais il me reste encore ce soir. Au cas où l'on apporterait un corps anonyme comme la fois passée, je vais aller traîner un peu aux urgences. »

CHAPITRE 34

La voiture roule à toute vitesse dans les rues de Paris, lumière bleue et gyrophare en action. Le commissaire Pradot se rend à l'hôpital Saint Jean. Plusieurs véhicules de la police sont sur les lieux. Moretti lui confirme ce qu'il sait déjà, madame Barrelle et ses deux mains mutilées. Le personnel est sous le choc. Il va à la morgue, serre la main de monsieur Barrelle effondré et lui transmet ses condoléances, l'assurant que tout sera mis en œuvre pour attraper la canaille qui a fait cela.

Lui-même va voir le cadavre. Toute l'équipe d'investigation est là, prenant des photos, relevant les empreintes. Tous des professionnels qui vont certainement lui apprendre des faits nouveaux, du moins l'espère-t-il !

Il demande au médecin légiste ce qu'il en pense :

« Travail impeccable et propre. C'est assurément quelqu'un qui s'y connaît ! La personne était morte avant qu'on lui coupe les mains. La section est précise, tout a été fait avec art, pourrais-je presque dire. Regardez vous-même, commissaire, on a dû utiliser une scie oscillante pour découper l'extrémité des deux os de l'avant-bras (le radius et le cubitus) juste au-dessus du poignet. Ensuite, il ou elle, car tout est possible de nos jours, a dû prendre un bistouri et détacher la peau et les tendons (extenseurs en dorsal et fléchisseurs en palmaire) de façon circulaire. »

« Mais le sang ? »

« Il n'y a plus de flux dans un cadavre. Le sang ne gicle pas, car il est coagulé depuis longtemps. Quand on fait une dissection, les tissus ne saignent pas. Voyez la peau, elle est d'une couleur blanc-jaune et flétrie. »

« J'avoue que pour moi c'est suffisant, toubib. Je vous laisse et si vous observez autre chose, vous me tenez au courant. »

« Pas de problème commissaire. »

« Ah ! au fait, croyez-vous que « l'opération » ait eu lieu sur place ? »

« Je ne peux vous le dire, mais d'habitude on va plutôt au « labo d'anat » c'est-à-dire au laboratoire d'anatomie pour faire cela, car on a tous les instruments sous la main… hi !hi ! si j'ose dire. La morgue sert plutôt aux patients de l'hôpital, mais tout est possible. Il y a eu une recrudescence d'arrivées dues à un déraillement de train et dans ces cas-là tout est un peu confus. Comme vous devez être au courant, il y a restructuration et changement d'exécutifs en ce

172

moment. Les étudiants sont en pleine période d'examens, bref l'hôpital est un vrai hall de gare. Les gens vont et viennent et personne ne sait plus à qui s'adresser. »

« Merci pour ces précisions. »

Le commissaire Pradot est satisfait de tout ce qu'il a entendu, mais aussi a hâte de quitter les lieux. Un certain malaise et écœurement le prennent à la gorge.

Il va respirer l'air frais dehors en demandant à ses lieutenants de venir l'y rejoindre quand chacun aura terminé avec ce qu'il fait.

CHAPITRE 35

Il est dans ses petits souliers, Elmer, quand Joséfina arrive. La soirée est… complètement ratée ! Un fiasco total. Il en a fait de trop et du coup l'a mise mal à l'aise. Son poulet était cramé et trop piquant. Alors qu'il ne prend plus d'alcool, il a quand même acheté en son honneur une bouteille de vin. Pour apaiser la soif due aux piments, il lui a servi un verre. Ne désirant pas boire seule, elle le prie de trinquer avec elle. Un peu hésitant d'abord il se décide quand même à l'accompagner. Le feu dans la gorge, ils finissent la bouteille. Elle a fait une tache sur son chemisier blanc et en voulant aller le nettoyer a renversé le vase dans lequel il avait mis des fleurs à son intention. Elle a juré en espagnol de sa maladresse et il a cru que c'était à cause de lui. Ces deux êtres cabossés par la vie ont en fait un mal fou à admettre qu'une portion de bonheur leur est encore permise. Au lieu d'être naturels, ils veulent impressionner l'autre et rien ne va comme prévu. Difficile de supporter une personne quand on n'a plus l'habitude de vivre à deux. Ils ont perdu le mode d'emploi des relations quotidiennes, leurs petites manies ou leurs envies agacent l'autre. Elle a cru que sa transformation physique s'accompagnerait d'un changement total et il a pensé que confrontée à la misère humaine elle serait plus tolérante.

Chacun un peu déçu, la soirée ne s'est pas prolongée. Elle a même oublié de reprendre le bouquet qui lui était destiné et lui se sent triste de ses espoirs envolés. Il faut être réaliste, se dit-il, j'ai passé l'âge de conter fleurette et de faire des ronds de jambe. C'est déjà incroyable que je m'en sorte, j'ai peut-être été trop gourmand en espérant un retour à une vie normale. Femme au foyer et illusions ne sont plus pour moi ! De son côté, Joséfina se dit à peu près la même chose. Elle n'est plus faite pour se changer et se « caser » avec un ancien clochard. Il a fait des progrès, elle doit le reconnaître, mais pas suffisamment pour qu'elle tombe dans le piège d'une vie à deux sans y être complètement décidée. Son petit bonheur, tout égoïste, lui convient. Il vaut mieux s'en rendre compte maintenant que plus tard.

Mais… ces réflexions à chaud vont être révisées après quelques jours. Ils vont se revoir, chacun a fait son mea culpa. C'est elle qui va cuisiner et c'est en effet beaucoup mieux et vraiment délicieux. Ils finissent par rire du dîner catastrophique chez Elmer. Les choses s'enchaînent et quand Joséfina approche sa main du visage d'Elmer pour lui essuyer une larme, celui-ci en profite pour l'embrasser tendrement. Surprise puis agréablement réceptive, cette dernière l'enlace et tout naturellement ils se retrouvent dans la position de tous les amants assoiffés d'amour.

175

Ayant eu leur lot de solitude, ils se rendent compte petit à petit qu'il est doux de partager son lit, ses repas et les bavardages au quotidien. Il faut juste leur laisser le temps de s'habituer l'un à l'autre. Quand on vieillit, ou l'on se bonifie ou l'on se racornit. Les êtres qui ont souffert et pleinement vécu apprécient mieux encore la vie et savent lui donner une dimension altruiste plus forte. Ils décident de ne rien précipiter et d'avoir chacun son chez-soi pour le moment. Leurs retrouvailles n'en sont chaque fois que plus joyeuses.

Et puis Elmer a toujours en tête cette préoccupation d'aller voir le commissaire pour lui raconter ce qu'il sait. Autant s'en libérer le plus vite possible. Tant que cette histoire de main n'est pas terminée, il ressent un certain malaise. Il décide d'aller flâner dans la rue.

Inconsciemment, ses pas le mènent vers le pont au Change. De loin, il voit ses ex-potes. Un peu tenté d'aller les rejoindre et de discuter sur le monde comme ils aimaient le faire chaque soir avec quelques litrons de vin ingurgités. Une bouffée de fierté lui revient à temps au souvenir des gens qui ne l'ont pas reconnu. Cette chance qui s'offre à lui d'avoir rencontré une femme et d'avoir un travail est plus puissante qu'un éventuel regret. Il suffit d'y croire et de faire un effort pour se donner une nouvelle occasion. L'assistante sociale lui a bien dit : tout est question de volonté. Tout est possible, tout est faisable si on le veut réellement. Un dernier regard sur cette Seine magnifique, les monuments éclairés aux alentours, ces odeurs de rues incomparables pour un ancien clodo, il se redresse imperceptiblement décidé à se confronter à sa nouvelle vie.

Le commissariat n'est pas loin.

CHAPITRE 36

Ils arrivent directement aux urgences.

En se tournant vers sa compagne, Jean-Charles ne voit qu'une joue écarlate tellement enflée que l'œil de Dominique en paraît diminué.

Sous les néons blafards, plusieurs personnes attendent déjà. Il y a un bras en écharpe, un enfant qui pleurniche avec sa mère, trois jeunes, dont un qui est complètement shooté, un vieillard dans un fauteuil roulant qui geint. Le spectacle n'est pas des plus réjouissants. Jean-Charles, après avoir rempli les formalités d'usage, fait asseoir une Domi qui semble hagarde. Le réceptionniste lui dit que, s'il n'y a pas d'urgence plus importante, elle passera environ dans trente minutes, le boulanger l'installe le plus confortablement possible, lui fait boire un verre d'eau et avaler un analgésique qu'il a pu soutirer au médecin de garde. Cela la calmera au moins un certain temps. Il lui prend la main et lui chuchote quelques mots doux et caressants pour la rassurer.

Vingt minutes passent et seulement deux personnes sont reparties. Le voyant s'agiter sur sa chaise, Domi qui sent sa douleur légèrement calmée, quoique sous-jacente, lui dit qu'il peut s'en aller. Il a appelé plusieurs fois son second, lui demandant de commencer sans lui, mais sans tout entendre, elle voit que Jean-Charles est contrarié, car le son de sa voix semble irrité. Comme il est sorti dans le couloir, à son retour elle l'interroge sur ce qui se passe :

« Nous avons, paraît-il, un contrôle sanitaire aujourd'hui. Le courriel est tombé hier soir et personne ne m'en a informé. Et c'est le jour de l'inventaire. Bref, tout en même temps. Si je ne suis pas à la boulangerie, Jeannot dit qu'il va me rendre son tablier. Je lui ai pourtant expliqué la situation, il ne veut rien savoir. »

« Vas-y, ne t'inquiète pas pour moi. »

« Si justement je m'inquiète, comment te laisser seule dans ton état ? »

« Jean-Charles, merci pour ta préoccupation, mais je ne suis quand même pas mourante ! »

« Es-tu sûre, ma chérie ? »

« Oui, j'ai mon portable, s'il y a un problème je t'appelle. »

« D'accord. Si je ne peux pas venir te chercher, tu appelles un taxi, promis ? »

« Oui, papa. »

« Combien je suis désolé de t'avoir mise dans cette situation ! Je regrette sincèrement. »

« Allez file, sinon je ne réponds plus de moi. »

En s'en allant, elle voit qu'il dit quelque chose à l'homme en blouse blanche. Certainement la recommande-t-il pour qu'elle passe au plus vite ? Avec la pastille qu'il lui a donnée, elle est déjà un peu somnolente. Elle ferme les yeux et s'assoupit.

CHAPITRE 37

« Plus grand monde dans la salle d'attente aux urgences. Un vieillard dans sa chaise et tiens, une belle endormie ! Elle semble bien sonnée et sa joue une tomate bien mûre sur le point d'exploser. De jolies petites mains serrées comme pour une prière inconsciente. Trop tard… Dommage ! »

CHAPITRE 38

Il est revenu la nuit, le commissaire Pradot, tout seul. Il a envie de flâner un peu dans cet hôpital. Bien souvent, il lui est arrivé de comprendre certains faits quand il se trouve sur les lieux du crime. Il respire l'atmosphère et tente d'en saisir les tenants et les aboutissants. Il rôde aux alentours, passe par le jardin, revient par la porte d'accès aux véhicules. Il voit une silhouette qui lui paraît familière près de la loge du gardien. Il s'en approche et avec étonnement reconnaît l'ancien clochard. Il va en profiter pour l'aborder.

« Bonsoir, monsieur, je ne savais pas que vous travailliez ici. Vous souvenez-vous de moi ? Commissaire Pradot. »

« Comment oublier, commissaire ! Quand on est comme moi un ex de la rue, on a l'épiderme sensible quand on voit des flics. Mais ma foi, le hasard fait bien les choses, car je voulais vous parler. Justement ce soir je suis passé par votre commissariat, mais vous n'étiez pas là ! »

« Eh bien ! vous m'avez maintenant devant vous en chair et en os. »

« C'est à propos de cette histoire de main qui me turlupine. Le détail qui m'avait frappé et que j'ai vainement cherché, je l'ai retrouvé. »

« Enfin, je voulais justement vous en parler. Alors ? »

« La main qui était tombée à mes pieds et que j'ai dû remettre dans le plastique noir était petite, fine et blanchâtre. Mais surtout le majeur était plus court que l'index et l'annulaire. Je ne sais pas pourquoi, mais ce détail dont je n'arrivais plus par la suite à me souvenir me frappa à ce moment-là. »

« Monsieur Jarris, ce " détail " comme vous dites, va peut-être beaucoup nous aider. Vous rappelez-vous si c'était une main droite ou gauche ? »

« Je dis droite sans hésitation. »

« Bingo. Je crois tenir la gauche. »

« Pardon ? »

« Non, rien, ne vous inquiétez pas. »

« Autre chose commissaire, puisque nous en sommes aux confidences, je dois vous avouer que je suis assez préoccupé par les allées et venues dans cet hôpital. Je ne voudrais pas être une balance, mais il se passe des choses bizarres. »

Elmer lui raconte alors les ombres qu'il voit défiler le soir quand il est de garde. Il soupçonne que plusieurs femmes viennent faire du ménage la nuit d'une manière plus que discrète, voire dissimulée. Il a surpris une conversation confirmant que le personnel recruté est payé au noir et la différence empochée par d'autres. Les pauvres femmes ne disent rien, déjà trop contentes d'avoir du travail. Il a voulu en informer le directeur des ressources humaines, mais avec ce bouleversement administratif et les examens arrivant, on n'a jamais le temps de l'écouter. C'est d'ailleurs le grand problème de sa vie, personne ne prend un moment pour l'entendre !

« Et puis… »

« Autre chose monsieur Jarris ? »

« C'est que je ne voudrais pas non plus avoir l'air d'une taupe. J'ai connu assez de sales moments dans ma vie pour ne pas accuser quelqu'un sans preuve, mais… »

« Allez-y, cette conversation est à bâtons rompus, juste entre vous et moi. Croyez bien que tout ce que vous me dites ne fait que confirmer plusieurs points de notre enquête. »

« Eh bien ! Il y a un mec tout particulièrement qui m'inquiète. Il sait que je l'ai vu rôder plusieurs fois.

184

Le problème c'est que je ne suis pas sûr de son identité. Seule sa blouse blanche est reconnaissable, ce qui me fait dire que c'est quelqu'un de l'hôpital. »

« Quel genre votre type ? »

« Il paraît assez jeune, grand. »

« C'est un peu vague, essayez d'être plus précis. »

« Blanc, cheveux noirs, je ne peux pas en dire plus, je l'aperçois toujours de nuit et au loin. »

« Si nous vous montrions des portraits robots, pourriez-vous le reconnaître ? »

« Aucune idée commissaire. »

Ils parlent encore de choses et d'autres avant de se séparer. Pradot lui demande quand même de passer au commissariat au service de l'identité pour voir s'il distinguerait éventuellement quelqu'un.

Les pièces du puzzle s'assemblent petit à petit, se dit le commissaire. Aucun doute que la main trouvée par Elmer Jarris est celle de madame Barrelle. Il faut juste vérifier auprès de son mari ce doigt majeur plus petit. L'autre main ayant bien été identifiée comme la sienne. J'ai à nouveau mes deux mains pour ce cadavre. Pour madame Popesco, j'ai aussi les deux mains, mais pas le corps. Cette histoire de femme de ménage employée au noir pourrait correspondre. Mais pourquoi est-elle morte ? Je n'ai pas l'impression que nous ayons affaire à un tueur, mais plutôt à un type qui s'amuse à découper. Tout est en relation avec l'hôpital.

Il va prendre son portable pour parler à Moretti puis notant qu'il n'est que trois heures du matin, il se ravise. Ce n'est pas parce que lui est debout qu'il doit le réveiller. Heureusement, se dit-il, que Micheline est partie chez sa mère pour quelques jours, sinon elle lui ferait encore une scène pour être dehors à cette heure. Il sait aussi que ce ne serait que des mots, car sa femme est très fière de lui.

Il en est là de ses réflexions quand il lui semble apercevoir quelqu'un qui longe le mur menant aux urgences. Tout en alerte, il décide de le suivre discrètement. Dans le halo de la porte d'entrée des urgences, la silhouette de cet inconnu se détache en ombre chinoise. Blouse blanche, grand, mince, cheveux noirs, il ressemble à la description d'Elmer. Tous les sens de Jean Pradot sont sollicités. Il hésite une fraction de seconde à l'interpeller, mais il est trop éloigné ; puis l'homme entre. Le commissaire se met à courir. Quand il arrive devant la porte, il ne voit qu'un vieillard sur un fauteuil roulant et une femme de dos, assise, qui paraît endormie. L'homme à la blouse blanche a disparu. Ce hall a cinq portes qui mènent à des services différents. Le commissaire, seul, estime qu'il n'a aucune chance de découvrir où a pu partir l'inconnu. Finalement malgré l'heure, il va être obligé de demander du renfort. Il veut cet homme à tout prix pressentant qu'il fait partie de l'énigme de l'hôpital.

CHAPITRE 39

Une des portes-va-et-vient s'entrouvre, le même homme avec sa blouse blanche entre. Après un rapide regard circulaire, ses yeux se posent sur Dominique. Il s'approche et avec des gestes très précautionneux la met sur un chariot. Elle est dans un état second et se laisse complètement faire, vaguement consciente d'être emportée. L'inconnu repart par une autre porte. Après un long couloir, il arrive enfin dans une petite salle de consultation.

Quand l'homme la recouvre d'un drap blanc, cette dernière commence à émerger. Il enfile des gants en caoutchouc et s'emparant d'un grand coton il y dépose un produit. À ce moment-là, Dominique ouvre complètement les yeux. Elle se met à s'agiter et quoiqu'encore un peu groggy, entre soupçon et appréhension, se demande ce qu'elle fait là.

« Alors belle endormie enfin réveillée ? »

« Qu'est-ce qui s'est passé ? J'attendais mon tour dans la salle d'urgence, mon ami m'a donné une pastille pour soulager ma douleur et je me retrouve ici avec une sensation de brouillard totale. Un analgésique ordinaire ne produit pas cette impression. Il est vrai aussi que je n'ai pas beaucoup dormi ces derniers

188

temps. J'avais du sommeil à récupérer. Et puis nous avons bu une bouteille de Chianti, je me sens comme soûle.»

« Ah ! fine mouche la jolie dame. Mais laissez-vous faire je m'occupe d'abord de votre joue. Un peu d'arnica et cette énorme ecchymose se résorbera dans quelques jours. Mais peut-être que nous ne le saurons jamais ! »

« Que voulez-vous dire ? »

« Ne soyez pas inquiète ma belle. Laissez-vous aller, vous êtes entre de bonnes mains ! Mais je doute que nous nous revoyions un jour. »

Quand il prononce ces paroles, Dominique sent son sang se glacer. Il a appuyé de telle façon sur le mot, mains, qu'elle se met à trembler. Et si c'était lui le maniaque des mains coupées ?

« Vous paraissez effrayée tout à coup. Que se passe-t-il ? »

« Heu…rien, je viens juste de me souvenir que je dois vite rentrer, car on m'attend. »

« Ça sonne un peu faux, non ? Cela fait plus d'une heure que vous êtes dans la salle d'attente et personne ne s'est préoccupé de vous. Je vais être votre soigneur préféré un petit moment et ensuite plouf, finito…vous ne vous souviendrez plus de rien ! »

« Comment pouvez-vous dire des choses pareilles ? »

« C'est moi qui ai donné à votre ami la pastille, disons « de soulagement » et il m'a demandé de bien prendre soin de vous. Je lui ai promis qu'il en serait ainsi et que j'appellerais moi-même s'il le fallait un taxi pour votre retour. Il a paru tranquille. Personne ne nous importunera avant un certain temps. »

« Quoi ? C'est quoi cette histoire rocambolesque ? »

« Eh oui ! C'est décidé vous serez ma dernière patiente. »

« Je vous interdis de me toucher. »

« Ne vous énervez pas ainsi. Ma dernière patiente… pour cette nuit », conclut-il avec un clin d'œil appuyé.

Elle tente de se relever, mais en est incapable. Sa joue en feu et le reste du corps comme paralysé, elle a un moment de panique. Seule sur ce chariot avec ce dingue, un corps sur lequel elle ne peut compter et son cerveau qu'elle sent ralenti et brumeux. « Ne pas paniquer, ne pas paniquer. Je vais essayer de le faire parler pour gagner du temps. Jean-Charles va forcément m'appeler et quand il verra que je ne réponds pas, il va s'inquiéter. Du moins j'espère. » Mais pour le moment elle est seule. Entre sa peur et sa curiosité de journaliste, elle prend sur elle.

« Mais pourquoi me faites-vous cela ? »

« Figurez-vous que c'est mon futur métier et que je l'exerce avec passion. Le corps humain et son anatomie m'ont toujours fasciné. Je veux connaître les moindres détails, le plus petit secret pour pouvoir remédier à la souffrance et accomplir l'acte de guérison. Je suis investi d'une mission divine, du moins je le ressens comme tel. Depuis tout enfant je ne peux voir un animal blessé sans essayer de le soigner. Quand cela était impossible alors je le découpais pour voir ses entrailles. Il m'est arrivé de scalper un hérisson pour comprendre ce qu'il avait sous les épines, de démembrer des grenouilles, d'enlever les queues des lézards. Comme vous le constatez rien de bien particulier. Mais toujours avec beaucoup de respect et cette soif de savoir et de comprendre comment sont faites les choses. »

« Ce n'est quand même pas ordinaire, car tous les enfants ne font pas cela ! »

« J'avais une grand-mère rebouteuse, experte en luxations, entorses en tout genre et qui connaissait aussi le secret des plantes. Elle m'a appris beaucoup quand j'étais petit. »

Tout en parlant, il a mis une pommade douce et rafraîchissante sur la joue de Dominique.

« Qu'est-ce que vous me faites en ce moment ? »

« Vous aimez ? »

« Oui, dit-elle hésitante, cela sent très bon. »

« Alors vous n'êtes plus ni fâchée ni mal à l'aise avec moi. »

« Non », dit-elle encore un peu incertaine.

Il est vrai qu'elle ne ressent plus la crainte du début. Son corps se détend. Elle a comme la vision d'une erreur. Ce garçon assurément n'a rien de machiavélique. Il a des gestes très doux. Les enfantillages, qu'il lui a racontés, sont ceux de gamins de la campagne. A-t-elle été si paranoïaque qu'elle a pensé qu'il était le découpeur de mains ? La psychose sur cette histoire lui a-t-elle fait croire n'importe quoi ? Son cerveau a-t-il bloqué un moment ses capacités physiques ? Elle veut en avoir le cœur net.

« Dites-moi, avez-vous été amené à découper des êtres humains ? »

« Je ne parlerai qu'en présence de mon avocat, mademoiselle », dit-il de manière emphatique.

« Mais cela vous tenterait-il ? Allez, vous pouvez tout me dire ! Nous sommes seuls ici. Qui pourrait bien nous entendre ? »

Elle joue gros jeu, mais elle n'en a cure. La journaliste professionnelle tient peut-être une exclusivité et ne désire pas le lâcher. Cette histoire l'a déjà perturbée de bien des manières, elle veut tout savoir et surtout en finir. Elle a donné assez physiquement de sa personne pour en recevoir les conclusions. Alors devant son insistance, il craque et s'ouvre à elle :

« Figurez-vous que je l'ai déjà pratiquée. »

« Quoi ? »

« La découpe. »

« Non ! »

« Si, je vous assure. »

« Mais où et comment ? »

« Ah non ! Je ne peux pas tout vous dire. Et si vous alliez me dénoncer après ? »

Là, Dominique se sent un peu mal, car elle doit mentir pour se protéger. D'un autre côté, cela lui paraît incroyable que le jeune homme qu'elle a sous les yeux soit le meurtrier présumé et s'il n'est qu'un potache ? Et toujours comme un leitmotiv : le faire parler et gagner du temps. Jean-Charles, au nom de notre amour naissant, je t'en prie, appelle-moi ou viens ici, j'ai besoin de toi. Elle retrouve de plus en plus ses esprits et maintenant son cerveau fonctionne à mille à l'heure.

« D'abord à qui irais-je raconter cela et qui me croirait ? »

« Vous avez tort de penser cela, je suis devenu un vrai pro, un super expert. Je suis le roi du découpage. Tout en finesse, jamais d'excès. Propreté, efficacité, c'est ma devise. »

« Mais découpage de quoi ? »

« De mains bien sûr ! »

Alors là, elle ne peut maîtriser un petit cri d'effroi. Il avoue enfin. Pourtant ce garçon en blouse blanche n'a pas l'air si méchant. Depuis ses lunettes de myope, en passant par ses cheveux un peu gras avec une queue de cheval et ses baskets usagées, il fait genre étudiant « nerd ». Sur son badge, elle lit son nom : Brice Coulomb.

« Mais vous êtes… médecin ? » demande-t-elle étonnée, car il lui semble bien jeune.

« Étudiant en médecine. Je suis comme on disait avant « externe » c'est-à-dire dans ma troisième année. Je suis sous la responsabilité d'un interne ou d'un chef de clinique. Mais rassurez-vous j'ai l'œil et sais reconnaître les signes d'une maladie. Si je n'ai pas le droit encore de prescrire des médicaments, je suis tout à fait responsable de mes actes. Avec l'accord du médecin-urgentiste, je donne un petit coup de main de temps en temps. Il a vu en moi de la graine de champion, comme il dit. Tout étudiant apprend la sémiologie. C'est le premier contact pratique de l'étudiant avec la médecine. J'ai déjà suivi des stages d'initiation aux soins avec des infirmiers. Nous sommes devenus potes et j'arrive même parfois à reconnaître des lésions ou des syndromes plus vite qu'eux. Moi, je n'ai pas besoin de beaucoup parler pour deviner, juste à partir d'un examen physique, comment vont les gens. Étant insomniaque, j'aime travailler de nuit. »

« Et pour en revenir à ce que vous disiez avant, vous avez coupé combien de mains ? »

« Oh ! pas beaucoup, seulement quatre. Et je vous rassure tout de suite, sur des cadavres. N'allez quand même pas croire que je l'aurais fait sur des vivants ! »

« Mais c'est peut-être dans le cadre de votre pratique ? »

« On devait s'exercer et puis cet hôpital est terrible, problème au sein du bureau de direction, une personne qui soi-disant est partie en vacances et n'a pas laissé le double des clés du labo d'anatomie. Bref tout un imbroglio qui fait que nous, étudiants, nous n'avons pu pratiquer sur des cadavres. Mais les examens approchent et j'ai été plus malin que les autres. Je suis entré grâce à un passe-partout, je me suis tout simplement faufilé dans la morgue et j'ai pris le cadavre d'une femme qui était sans nom et sans empreinte. Puis d'une dame plus âgée, mais également sans empreinte. Travailler de nuit ne me fait pas peur et je me suis débrouillé pour le faire discrètement. Cela m'a appris beaucoup de bricoler sur des cadavres et je peux affirmer que rien qu'avec quatre mains je me suis perfectionné. C'est vraiment ma vocation. Mais vous êtes toute blanche. Vous ne vous sentez pas bien ? »

« Admettons que ce que vous dites m'impressionne quand même un peu. Mais au fait pourquoi m'avez-vous amenée ici ? »

« Pour vous soigner, n'ayez crainte. Vous n'allez pas croire que j'allais vous couper les mains ? Ah ! ah ! Le médecin de garde était épuisé et je lui ai demandé s'il avait besoin d'aide. Il restait deux patients dans la salle d'urgence et je vous ai préférée au monsieur dans son fauteuil roulant. De plus dans quelques jours il n'y paraîtra plus. Vous aurez une grosse joue qui passera par les couleurs de l'arc-en-ciel, rien de plus ! Je ne vous mets pas de pansement, juste cette crème à appliquer qui vous calmera. »

« Merci. Dites-moi une dernière chose par curiosité. Pourquoi les mains ? »

« Je voudrais par la suite me spécialiser en chirurgie orthopédique et traumatologie. »

« Et si vous vous faites attraper ? Imaginez qu'un familier d'un des cadavres veuille porter plainte. »

« L'une des femmes avait une fiche comme non identifiée et l'autre je l'ai prise au hasard, mais de toute façon, elle était décédée alors… autant qu'elle serve encore à quelque chose, non ? »

« C'est votre point de vue, mais peut-être pas très déontologique quand même. »

« Bof, c'est fait, c'est fait ! Pour être un excellent chirurgien, comme j'aspire à l'être, il vaut mieux pratiquer avant, non ? »

« C'est votre façon de voir les choses. »

Dominique se relève. Elle a fait le tour de cette aventure et n'a plus qu'une envie, c'est de se retrouver dans son lit. Toute cette histoire lui semble maintenant une mauvaise blague. Mais quelque chose la taraude encore.

« Une dernière question. Et qu'avez-vous fait des mains ensuite ? »

« Je les ai balancées dans des poubelles différentes pour qu'on ne retrouve pas la trace. »

« Ah oui ! Aussi simple que cela. »

« Je n'allais quand même pas les jeter ici ! On aurait peut-être fait une enquête qui aurait pu ensuite me retomber dessus. Mais dites-moi vous n'allez pas me dénoncer hein ? »

« Non, je ne dirai rien, mais je n'en pense pas moins. Vous êtes un peu fou et bien léger avec les corps de ces pauvres femmes. Imaginez la stupeur de ceux qui viendraient les voir. Vous aimeriez, vous, retrouver le corps de votre mère à l'hôpital et vous rendre compte que quelqu'un l'a mutilé sans votre accord ? »

« D'abord, je n'ai plus de mère et ensuite pour moi, un mort est un mort. Je ne crois pas aux bondieuseries ni à la résurrection. »

« Pourtant vous avez foi en vous-même, non ? Donc vous n'êtes pas si agnostique que vous voulez bien le dire. On ne peut pas choisir cette profession et ne croire en rien. Soigner et guérir les autres sont des engagements particuliers. Et vous, vous décidez de découper juste pour le plaisir. »

« Non pas pour le plaisir, pour m'exercer, pour être un vrai professionnel. »

« Parce que vous pensez que dépecer deux pauvres femmes fera de vous un excellent chirurgien ? »

« J'aurais au moins essayé de m'améliorer. Je ne suis pas un boucher, je n'ai rien dépecé horriblement. J'ai délicatement et professionnellement coupé des mains dans le but d'arriver à l'excellence. Mais vous ne pouvez pas comprendre, vous êtes trop vieille et avec des idées préconçues. »

Elle sent la colère monter comme une réaction à la peur qui l'a envahie avant. Calme-toi, se dit-elle, cela ne va rien arranger ou résoudre. Bon sang, Jean-Charles, mais qu'est-ce que tu fais ? J'ai besoin de toi. Elle ne sait plus si cette histoire peut paraître banale, horrible ou malsaine. Brice la raconte comme quelque chose de commun qu'il a réalisé pour s'améliorer et parce qu'il adore la chirurgie. Des dizaines de personnes ont été mobilisées pour essayer de résoudre cette énigme et lui en rit presque comme d'une farce d'étudiant en médecine. Complètement inconscient ! Dominique sent comme une chape de plomb sur elle.

Elle est épuisée soudain. La crème sur sa joue l'a un peu apaisée au début, mais sous le coup de l'émotion ravivée, elle sent de nouveau la brûlure. Elle se redresse péniblement prête à sortir de cet endroit qui lui semble maintenant comme faisant partie d'un cauchemar. Quand elle lui a posé la question de savoir pourquoi elle avait constaté ses membres lourds, il lui a dit qu'il lui avait donné une dose d'analgésique un peu plus forte que la normale. D'où son état embrumé. Rien de plus. Tout n'a été finalement que l'effet de son imagination.

Au même moment, on entend des cris et une agitation dans le couloir. Brice s'apprête à ouvrir la porte de la salle de consultation quand celle-ci est poussée brusquement. Il se la prend en pleine figure. Cela le déséquilibre et il tombe par terre.

Sur le seuil se tient le commissaire Pradot, arme à la main, bandeau de la police sur l'avant-bras. Et juste avant que Dominique ne s'évanouisse, elle a le temps d'entendre :

« Police, vous êtes en état d'arrestation… »

CHAPITRE 40

Il se sent plus tranquille, Elmer, de s'être confié au commissaire. Finies pour lui les préoccupations de l'hôpital, ombre ou pas, trafic ou pas, il ne se mêlera plus de ce qui ne le concerne pas. Il n'ira même pas, comme l'avait suggéré le commissaire, regarder le fichier de la police au cas où il reconnaîtrait quelqu'un. À chacun son boulot.

Elmer s'est à peine assoupi qu'il entend tout un ramdam de voitures avec gyrophares. S'approchant de la fenêtre, il voit juste quelqu'un en blouse blanche encadré de deux policiers s'engouffrer dans une voiture démarrant toute sirène hurlante. À la lueur du réverbère, il a entraperçu les traits de l'homme. Il pense qu'il a été passé à tabac. Sa figure même de loin paraît boursouflée et colorée. Il reconnaît aussi la journaliste discutant avec le commissaire. Il sort et va à leur rencontre. La curiosité n'étant pas que l'apanage des femmes, il veut savoir ce qui se passe ! Il est tout surpris de la voir dans un état assez pitoyable.

Avisant la joue de mademoiselle Dominique, il serre les poings croyant que l'individu l'a frappée. Celle-ci lui raconte en quelques mots l'arrestation du présumé suspect dans l'affaire des mains. Il l'invite à venir se reposer quelques minutes dans sa loge, le temps d'appeler un taxi et de boire un verre d'eau. Au vu de sa tête livide et de sa balafre rougeâtre, il lui conseille de rentrer chez elle et de se mettre vite au lit. Elle lui est reconnaissante de ne pas demander plus de détails, car elle avoue se tenir à peine sur ses jambes. De son côté, le commissaire est déjà reparti pour interroger Brice Coulomb au commissariat. Il a expliqué à Dominique que, dès qu'il a vu la silhouette de l'homme en blouse blanche, il a donné l'alerte, des renforts sont arrivés promptement et après leur localisation dans l'une des salles de consultation, il a à peu près tout suivi de leur dialogue. Il n'est pas intervenu plus tôt voulant savoir si l'étudiant ferait d'autres révélations. Il la félicite pour sa bravoure et sa façon d'avoir pu discuter avec ce dingue si naturellement. Elle n'ose avouer que ce n'a pas été si facile et qu'elle en tremble encore.

CHAPITRE 41

Jean-Charles fulmine. On lui a envoyé une pétasse pour le contrôle sanitaire. Tout est en règle, mais elle fouine comme déçue de ne rien trouver. Jeannot a mal réglé le thermostat et la première fournée a été brûlée. Tout le monde est sur les nerfs et l'atmosphère s'en ressent. De plus il pense à Dominique. Il est très ennuyé de ne pas être resté près d'elle après l'incident de la ceinture dans la voiture. Le gars à la blouse blanche lui a donné un analgésique, qui la soulagera et la fera dormir, avait-il dit. Mais Jean-Charles a comme un soupçon et se demande pourquoi il veut qu'elle dorme. Qu'on la soigne et qu'elle rentre chez elle est suffisant ! Depuis il a essayé de l'appeler sur son portable, mais rien, il doit être fermé. Il a comme un pressentiment de quelque chose qui ne va pas, un problème sans pouvoir le définir. Dès que le contrôle sera terminé, il ira la voir chez elle et forcera sa porte au besoin. S'il n'avait pas fait la bêtise de la blesser involontairement avec la ceinture, ils seraient restés sur une bonne impression. Il sent que leurs sentiments peuvent s'harmoniser et se préoccupe déjà pour elle. Un mot lui traverse l'esprit : amoureux ! Ridicule, il la connaît à peine et pourtant… C'est vrai qu'elle lui plaît bien malgré ses défauts. Elle n'a pas l'air si facile à vivre et veut toujours avoir le dernier mot. Son énorme chien est un peu impressionnant. Mais elle a semblé si fragile quand il l'a laissée à l'hôpital, si émouvante quand elle lui a imposé de partir travailler. Un sentiment qu'il n'a plus éprouvé depuis des années, cette inquiétude pour quelqu'un d'autre qui le prend aujourd'hui aux tripes, il doit le reconnaître et lui donner un nom. Il est amoureux ! Il en est là de ses considérations quand enfin la contrôleuse vient l'avertir qu'elle en a fini. Il pousse un soupir de soulagement. La seconde fournée est bien sortie, les employés ont tous mis la main à la pâte. L'inventaire est en cours, encore une ou deux heures et il pourra enfin se libérer. Mais bon sang ! se dit-il, pourquoi ne répond-elle pas à son portable ? Domi ma chérie, appelle-moi ! Je dois me concentrer sur ce que je fais sinon je vais faire des bêtises.

Il tarde plus qu'il ne l'aurait voulu, mais termine enfin satisfait. Il commence aussi à ressentir sa nuit sans sommeil. Pourtant en partant de la boulangerie, il se précipite chez Dominique.

C'est le timbre de la porte qui la réveille. Elle a l'impression de sortir d'un cauchemar, elle se trouve un peu douloureuse puis se regardant dans le miroir et voyant sa joue gonflée, tout lui revient en mémoire.

La journée est déjà bien avancée. Dans l'œil de la porte d'entrée, elle aperçoit le visage de Jean-Charles. Elle ouvre et d'un geste spontané ils tombent dans les bras l'un de l'autre. Les baguettes et les croissants renversés par terre sont allègrement attaqués par Léo.

« Comment te sens-tu ma chérie ? a-t-elle le temps d'entendre entre deux baisers. Je n'en pouvais plus et j'avais tellement hâte de te serrer dans mes bras. »

Le son de sa voix est si préoccupé et tendre à la fois qu'elle s'émeut.

« Mieux que cette nuit ! »

« Je t'ai appelée je ne sais combien de fois. J'étais inquiet. »

« Et moi je te suppliais mentalement de te manifester, car j'avoue m´être trouvée dans une situation qui a frôlé la catastrophe. À l'intérieur de l'hôpital, je n'avais pas de réseau. Mais je vais te raconter ce qui s'est passé après ton départ et tu te rendras compte que ma nuit fut bien agitée. »

En effet, elle lui narre l'attente dans la salle d'urgence, le jeune homme à la blouse blanche. Sa peur, quand après avoir mal interprété certaines paroles, elle a fini par comprendre que cet interne était complètement loufoque et dingue, mais pas vraiment dangereux. Non, elle le rassure, il ne lui a fait aucun mal. Il a mis du baume sur sa joue qui, d'ailleurs ce matin, est moins enflée. Oui, il avait découpé les mains des cadavres, mais comme un exercice de chirurgie en vue d'un examen et non comme un dangereux psychopathe. Oui, le commissaire est arrivé à temps. Oui, elle lui promet de ne même pas couvrir cette histoire, professionnellement parlant. Oui, elle veut tout oublier le plus vite possible et se reposer de préférence dans ses bras. Ce qui aussitôt dit fut aussitôt fait !

CHAPITRE 42

Jean Pradot est à moitié content. Ce gamin découpeur de mains lui a fait perdre son temps et sa patience. Pas très glorieux comme arrestation. Même si ses chefs l'ont félicité, il a comme un arrière-goût de frustration dans la gorge. Avoir mobilisé tant de monde pour cet étudiant boutonneux en blouse blanche lui déplaît plus qu'il ne pourrait le dire. Pourtant toutes les pièces du puzzle ont été reconstituées.

Madame Barrelle avait bien le majeur plus petit et les deux mains correspondaient. On avait pu vérifier que Sorina Popesco avait travaillé pour l'hôpital, au noir, ce qui avait fait scandale dans l'administration et devait faire tomber plusieurs têtes. Elle était morte malheureusement d'un accident vasculaire cérébral provoquant une apoplexie foudroyante. Non déclarée non répertoriée, car sans empreinte, sans domicile fixe et décédée brutalement, on l'avait mise dans le laboratoire d'anatomie avant de prendre une décision. Deux personnes au sein de l'hôpital étaient au courant et les sanctions seraient exemplaires. Les ministres de la Santé et de la Justice sont eux-mêmes intervenus auprès du procureur pour ne pas ébruiter l'affaire. Le commissaire en a été informé et contraint à la plus grande discrétion possible sur ces malheureux agissements. Le scandale ne doit pas atteindre l'hôpital public. Les services sociaux verront comment s'arranger avec le mari et les enfants pour qu'ils bénéficient de documents d'identité et d'une compensation pour leur faire oublier ce « regrettable incident ». Jean Pradot quand il entend des choses comme celles-là n'a qu'une envie, c'est de foutre le camp. Il a horreur de ces arrangements à l'amiable où le citoyen est toujours le perdant. Cette pauvre femme s'est trouvée au mauvais endroit au mauvais moment. Il travaille pour tous les contribuables et ne supporte pas ces « conciliations » de l'administration.

Brice, le coupeur de mains, voyant la fiche de madame Popesco sans nom, se l'était appropriée estimant que comme personne n'était venu la réclamer, il pouvait s'exercer en tout bien, tout honneur ! De même pour madame Barrelle, il s'était dit que puisqu'elle n'avait pas d'empreinte, personne ne viendrait la reconnaître. Quant à la question de la découverte des sacs en plastique noir, il avouait les avoir balancés au hasard. Celui de la gare était dû au fait qu'il lui était tombé des mains quand ses copains lui avaient dit de se dépêcher, car leur train allait partir. Il était revenu sur ses pas pour finalement le laisser et courir après son train. Les autres endroits, il ne s'en souvenait même plus. Fortuitement dans la rue, certains dans des poubelles, croyait-il se rappeler. Le jeune homme n'a l'air ni repentant ni conscient. Il avoue tout sans honte ni pudeur, estimant que pour être un grand chirurgien il doit beaucoup pratiquer sur des cadavres. Cela ne semble pas lui causer de problèmes moraux ou déontologiques. Il répète la même chose en boucle comme pour finir par se convaincre lui-même. Ce n'est que quand le commissaire lui explique la mobilisation générale de dizaines et de dizaines de personnes pour trouver le psychopathe qui a balancé des mains dans Paris, qu'il prend un peu plus conscience que, ce qui devait être une expérience pour lui, s'est transformé en cauchemar pour la police. Du temps perdu, des milliers d'euros dépensés, le commissaire espère que la sanction sera exemplaire. Il a vu rouge quand on a commencé à accuser la police de sévices corporels en voyant la face violette et boursouflée de Brice Coulomb. Heureusement, quand même, que ce dernier a confirmé avoir pris la porte en pleine figure. Pour un peu on l'aurait plaint en plus !

Sale métier parfois, rumine Jean Pradot. Maintenant, il faut faire des rapports et expliquer à ses gars, qui ont travaillé dur, qu'un petit con s'est moqué d'eux. Il repense à Dominique et à son boulanger. Cette dernière lui a déjà dit qu'ils n'ont pas apprécié la façon dont il les avait utilisés en les faisant se soupçonner l'un l'autre. Il doit faire amende honorable. Il en a plein le dos parfois. Il doit composer avec les uns et les autres, mais personne ne prend les flics en considération. Si par malheur ses services molestent quelqu'un, les avocats, les ligues de défense, les syndicats leur tombent dessus. Deux poids, deux mesures. Ras-le-bol ! Et pourtant la police est là pour tous et l'on en a rudement besoin.

Au cours du procès, il apprend que Brice Coulomb pourrait en avoir pour une année d'emprisonnement et quinze mille euros d'amende. Ceci pour la partie pénale. Monsieur Barrelle, après exposé de l'avocat de Brice, n'a pas porté plainte. Il savait sa femme altruiste et généreuse. Elle aurait été la première à pardonner. Le jeune homme paraît enfin prendre un peu conscience de l'infernale machine qui a été mise en route à cause de lui. Du côté de l'hôpital, étant donné qu'il n'est qu'étudiant et donc pas encore inscrit à l'Ordre, il dépend du Doyen de la faculté de médecine. Ce dernier doit reconnaître une faute grave vis-à-vis de l'intégrité et de la mutilation de cadavres, mais il prend en compte que le jeune homme l'a fait dans un but de pratique et d'études et non sous le motif d'une dégradation ou d'un sacrilège programmés. Son mobile étant la dissection à des fins d'entraînement et de perfectionnisme, le comité hésite à se prononcer pour une interdiction de postuler au doctorat d'État. Ce qui sauve Brice, ce sont les élections du nouveau bureau qui se tiennent au même moment. Pour ne pas commencer sous des augures peu flatteurs, le comité décide finalement d'une sanction immédiate d'aide à la communauté. Brice Coulomb doit consacrer dix heures par semaine à des travaux d'intérêt général pour l'hôpital. Ensuite en fonction de sa régularité et de son comportement, l'ordre des médecins délibérera.

Le commissaire Pradot est dégoûté de cette sanction trop laxiste à ses yeux. Mais ce n'est plus son affaire. Il a fait son boulot de flic et a arrêté le coupable, à la justice de faire son travail et de décider du jugement.

CHAPITRE 43

C'est un grand jour, car ils viennent de se dire « oui » devant monsieur le maire. Une cérémonie toute simple. Ils ont passé l'âge des chichis. Elmer et Joséfina sont rayonnants. Ils se sont décidés. Le fait d'officialiser leur union par un mariage leur donne à tous les deux une légitimité qui leur plaît. Ils ont fini par trouver des compromis et faire chacun des concessions. Après des moments de doutes, ils sont arrivés à la conclusion que la vie à deux a du bon et qu'ils n'ont plus le temps pour des tergiversations. Chacun a son caractère, ses qualités et ses défauts, mais pouvoir dialoguer, prendre son petit déjeuner ensemble, se promener la main dans la main sont des faits plus qu'agréables pour lesquels ils ont dit oui et signé un long bail, espèrent-ils !

Un déjeuner avec quelques amis a été organisé pour couronner cette belle journée. Elmer a tenu à inviter Dominique et Jean-Charles, le commissaire et son épouse. Il leur est reconnaissant de leur soutien dans les moments difficiles qu'il a traversés. Ils représentent la famille qu'il n'a pas.

Pour un peu Dominique aurait voulu que ce soit son Léo qui apporte les anneaux de mariage sur un coussin dans sa gueule, heureusement elle voit l'incongruité d'une telle chose. Jean-Charles a eu chaud, mais il n'a rien dit. Il est amoureux. Le commissaire en civil avec Madame à son bras a fière allure. Tous se réjouissent pour le nouveau couple qui aspire à un bonheur bien mérité.

Le clou de la journée est le dessert. Jean-Charles s'est surpassé et leur a offert son fameux gâteau « Nuit noire étoilée ». Dominique, les yeux brillants, lui a demandé si elle connaîtrait enfin la recette. Oui, a-t-il promis ! Mais quand ? bientôt, bientôt, a-t-il répondu… avec un clin d'œil !

Ils n'osent pas encore faire le pas, mais au cours de la cérémonie civile, ils ont ressenti comme un avant-goût de répétition pour eux… un jour !

Cette belle journée de fin juin rend tout le monde heureux. Les invités et les mariés sont tous légèrement grisés de porter tant de toasts à leur bonheur, à leur santé, à leur futur. Tous sont détendus et joyeux. Et chacun de raconter un bon mot, une anecdote qui le lie au nouveau couple. Ils décident d'aller se promener dans le petit parc près du restaurant. Il fait chaud, la soirée est toute remplie de senteurs et de bonheur palpable.

Rien ne laisse présager ce cri horrible qu'ils entendent.

Jean Pradot redevient tout de suite le commissaire qu'il est et suivi des autres invités se précipite sur le lieu où aboie furieusement Léo et d'où est venu le hurlement. En jouant au bord du petit ruisseau en contrebas, un jeune enfant a ouvert un grand sac en plastique noir et de là a jailli un... pied !

FIN

REMERCIEMENTS

Si je suis seule à écrire devant mon ordinateur, je ne me lasserai cependant jamais de dire que je suis extrêmement reconnaissante à ceux qui sont autour de moi et qui par leur aide, leur suggestion ou leur présence me soutiennent.

Merci donc à Brigitte, Sébastien, Joëlle, Marie, entre autres et à ma maman chérie.

CHERS LECTEURS

Je voudrais vous remercier d'avoir acheté et lu mon roman.

J'espère que vous l'avez apprécié.

Je suis auteure indépendante. N'ayant pas de service de presse d'une maison d'édition, n'hésitez pas à parler de mon livre autour de vous et/ou à laisser un commentaire sur la plateforme où vous l'avez acquis ou encore sur mon blog : http://www.isabelle-heomet.com/

Les critiques sont constructives et le but est de s'améliorer, encore et toujours…

Si vous voulez être tenu au courant de mes publications, envoyez-moi un mail sur mon blog. Votre nom et adresse e-mail seront protégés dans le respect de l'anonymat.

Un moment partagé entre l'écrivain et le lecteur, c'est un instant de plaisir !

Printed in Great Britain
by Amazon